考試分數大躍進
累積實力
百萬考生見證
應考秘訣

●5

根據日本國際交流基金考試相關概要

絶對合格 圖解比較文法

吉松由美・田中陽子
千田晴夫・大山和佳子
山田社日檢題庫小組 ◎合著
吳季倫◎譯

山田社
Shan Tian She

前言 はじめに

為了擺脫課本文法，練就文法直覺力！
142 項文法加上 284 張「雙圖比較」，
關鍵字再加持，
提供記憶線索，讓「字」帶「句」，「句」帶「文」，
瞬間回憶整段話！

關鍵字＋雙圖比較記憶→專注力強，可以濃縮龐雜資料成「直覺」記憶，
關鍵字＋雙圖比較記憶→爆發力強，可以臨場發揮驚人的記憶力，
關鍵字＋雙圖比較記憶→穩定力強，可以持續且堅實地讓記憶長期印入腦海中！

日語文法中有像「より～ほう」（…比…、比起…，更…）、「ほど～ない」（…不如…）意思相近的文法項目：

より～ほう（…比…、比起…，更…）：關鍵字「比較」→著重「比較並凸顯後者，選擇後者」。
ほど～ない（…不如…）：關鍵字「比較」→著重「比較兩個程度上相差不大的東西，不能用在程度相差懸殊的比較上」。

「より～ほう」跟「ほど～ない」有插圖，將差異直接畫出來，配合文字點破跟關鍵字加持，可以幫助快速理解、確實釐清和比較，不用背，就直接印在腦海中！

除此之外，類似文法之間的錯綜複雜關係，「接續方式」及「用法」，經常跟哪些詞前後呼應，是褒意、還是貶意，以及使用時該注意的地方等等，都是學習文法必過的關卡。為此，本書將一一為您破解。

精彩內容

■ 關鍵字膠囊式速效魔法，濃縮學習時間！

本書精選 142 項 N5 程度的入門級文法，每項文法都有關鍵字加持，關鍵字是以最少的字來濃縮龐大的資料，它像一把打開記憶資料庫的鑰匙，可以瞬間回憶文法整個意思。也就是，以更少的時間，得到更大的效果，不用大腦受苦，還可以讓信心爆棚，輕鬆掌握。

■ 雙圖比較記憶，讓文法規則也能變成直覺！

為了擺脱課本文法，練就您的文法直覺力，每項文法都精選一個日檢考官最愛出，最難分難解、刁鑽易混淆的類義文法，並配合 284 張「兩張插圖比較」，將文法不同處直接用畫的給您看，讓您迅速理解之間的差異。大呼「文法不用背啦」！

■ 重點文字點破意思，不囉唆越看越上癮！

為了紮實對文法的記憶根底，務求對每一文法項目意義明確、清晰掌握。書中還按照格助詞、副助詞、疑問詞、形容詞、動詞、指示詞的使用，及原因、要求、希望、推測、説明、時間…等不同機能，整理成 14 個章節，並以簡要重點文字點破每一文法項目的意義、用法、語感…等的微妙差異，讓您學習不必再「左右為難」，內容扎實卻不艱深，一看就能掌握重點！讓您考試不再「一知半解」，一看題目就能迅速找到答案，一舉拿下高分！

■ 文法闖關實戰考題，立驗學習成果！

為了加深記憶，強化活用能力，學習完文法概念，最不可少的就是要自己實際做做看！每個章節後面都附有豐富的考題，以過五關斬六將的方式展現，讓您寫對一題，好像闖過一關，就能累積實力點數。

本書廣泛地適用於一般的日語初學者，大學生，碩博士生、參加日本語能力考試的考生，以及赴日旅遊、生活、研究、進修人員，也可以作為日語翻譯、日語教師的參考書。

書中還附有日籍老師精心錄製的 MP3 光碟，提供您學習時能更加熟悉日語的標準發音，累積堅強的聽力基礎。扎實內容，您需要的，通通都幫您設想到了！本書提供您最完善、最全方位的日語學習，絕對讓您的日語實力突飛猛進！

目錄 もくじ

第1章 ▸格助詞的使用（一）

格助詞の使用（一）

第2章 ▸格助詞的使用（二）

格助詞の使用（二）

第3章 ▸格助詞的使用（三）

格助詞の使用（三）

第4章 ▸副助詞的使用

副助詞の使用

第5章 ▸其他助詞及接尾語的使用

その他の助詞と接尾語の使用

第6章 ▸疑問詞的使用

疑問詞の使用

第7章 ▸指示詞的使用

指示詞の使用

第8章 ▸形容詞及形容動詞的表現

形容詞と形容動詞の表現

第9章 ▸動詞的表現

動詞の表現

第10章 ▸要求、授受、提議及勸誘的表現

要求、授受、助言と勧誘の表現

第11章 ▸希望、意志、原因、比較及程度的表現

希望、意志、原因、比較と程度の表現

第12章 ▸時間的表現

時間の表現

第13章 ▸變化及時間變化的表現

変化と時間の変化の表現

第14章 ▸斷定、說明、名稱、推測及存在的表現

断定、説明、名称、推測と存在の表現

N5

Bun Pou Hikaku

Chapter

1

★★★★★

格助詞の使用（一）

Track 001

1 が

接續方法 {名詞} ＋が

意思 1

【主語】用於表示動作的主語，「が」前接描寫眼睛看得到的、耳朵聽得到的事情等。

例文 A

庭（にわ）に　花（はな）が　咲（さ）いて　います。

庭院裡開著花。

意思 2

【對象】「が」前接對象，表示好惡、需要及想要得到的對象，還有能夠做的事情、明白瞭解的事物，以及擁有的物品。

例文 B

私（わたし）は　日本語（にほんご）が　わかります。

我懂日語。

比較

目的語＋を

接續方法 {名詞} ＋を

意 思

【對象】「を」用在他動詞（人為而施加變化的動詞）的前面，表示動作的目的或對象。「を」前面的名詞，是動作所涉及的對象。

例文 b

顔を　洗います。

洗臉。

◆ **比較說明** ◆

這裡的「が」表示對象，也就是愛憎、優劣、巧拙、願望及能力等的對象，後面常接「好き（喜歡）、いい（好）、ほしい（想要）」、「上手（擅長）」及「分かります（理解）」等詞；「目的語＋を＋他動詞」中的「を」也表示對象，也就是他動詞的動作作用的對象。

Track 002

2 場所＋に

在…、有…；在…嗎、有…嗎；有…

接續方法 {名詞}＋に

意思 1

【場所】「に」表示存在的場所。表示存在的動詞有「います（在）、あります（有）」，「います」用在自己可以動的有生命物體的人，或動物的名詞。中文意思是：「在…、有…」。

例文A

教室(きょうしつ)に　学生(がくせい)が　います。

教室裡有學生。

補充1

〔いますか〕「います＋か」表示疑問，是「有嗎？」、「在嗎？」的意思。中文意思是：「在…嗎、有…嗎」。

例文

学校(がっこう)に　日本人(にほんじん)の　先生(せんせい)は　いますか。

學校裡有日籍教師嗎？

補充2

〔無生命ーあります〕自己無法動的無生命物體名詞用「あります」，但例外的是植物雖然是有生命，但無法動，所以也用「あります」。中文意思是：「有…」。

例文

机(つくえ)の　上(うえ)に　カメラが　あります。

桌上擺著相機。

比較

場所＋で

在…

接續方法 {名詞}＋で

意思

【場所】「で」的前項為後項動作進行的場所。不同於「を」表示動作所經過的場所，「で」表示所有的動作都在那一場所進行。中文意思是：「在…」。

例文a

家(いえ)で　テレビを　見(み)ます。

在家看電視。

◆ **比較說明** ◆

「に」表場所，表示存在的場所。後面會接表示存在的動詞「います／あります」;「で」也表場所，表示動作發生的場所。後面能接的動詞多，只要是執行某個行為的動詞都可以。

Track 003

3 到達點＋に

到…、在…

接續方法 {名詞} ＋に

意思 1

【到達點】 表示動作移動的到達點。中文意思是：「到…、在…」。

例文 A

飛行機（ひこうき）に　乗（の）ります。

搭乘飛機。

比較

離開點＋を

…從

接續方法 {名詞} ＋を

意 思

【離開點】 動作離開的場所用「を」。例如，從家裡出來，學校畢業或從車、船及飛機等交通工具下來。中文意思是：「…從」。

例文 a

7時(しちじ)に　家(いえ)を　出(で)ます。

七點出門。

◆ 比較說明 ◆

「に」表到達點，表示動作移動的到達點；「を」用法相反，表離開點，是表示動作的離開點，後面常接「出(で)ます（出去；出來）、降(お)ります（下〔交通工具〕）」等動詞。

に【到達點】

を【離開點】

Track 004

4 時間＋に

在…

接續方法 {時間詞} ＋に

意思 1

【時間】 寒暑假、幾點、星期幾、幾月幾號做什麼事等。表示動作、作用的時間就用「に」。中文意思是：「在…」。

例文A

朝(あさ)　7時(しちじ)に　起(お)きます。

早上七點起床。

比較

までに

在…之前、到…時候為止

接續方法 {名詞；動詞辭書形}＋までに

意 思

【期限】 接在表示時間的名詞後面，表示動作或事情的截止日期或期限。中文意思是：「在…之前、到…時候為止」。

例文 a

この車(くるま)、金曜日(きんようび)までに　直(なお)りますか。

請問這輛車在星期五之前可以修好嗎？

◆ 比較說明 ◆

「に」表示時間。表示某個時間點；而「までに」則表示期限，指的是「到某個時間點為止或在那之前」。

に【時間】

までに【期限】

Track 005

5 時間＋に＋次數

…之中、…內

接續方法 {時間詞}＋に＋{數量詞}

意思 1

【範圍內次數】 表示某一範圍內的數量或次數，「に」前接某時間範圍，後面則為數量或次數。中文意思是：「…之中、…內」。

例文 A

一日(いちにち)に　5杯(ごはい)、コーヒーを　飲(の)みます。

一天喝五杯咖啡。

比較

數量＋で＋數量

共…

接續方法 {數量詞}＋で＋{數量詞}

意 思

【數量總和】「で」的前後可接數量、金額、時間單位等。中文意思是：「共…」。

例文 a

たまごは　6個（ろっこ）で　300円（さんびゃくえん）です。

雞蛋六個 300 日圓。

◆ 比較說明 ◆

兩個文法的格助詞「に」跟「で」前後都會接數字，但「時間＋に＋次數」前面是某段時間，後面通常用「回／次」，表示範圍內的次數；「數量＋で＋數量」是表示數量總和。

に【範圍內次數】

で【數量總和】

Track 006

6 目的＋に

去…、到…

接續方法 {動詞ます形；する動詞詞幹}＋に

意思 1

【目的】表示動作、作用的目的、目標。中文意思是：「去…、到…」。

例文A

台湾(タイワン)へ　旅行(りょこう)に　行(い)きました。

去了台灣旅行。

比較

目的語＋を

接續方法 {名詞} ＋を

意　思

【目的】「を」用在他動詞（人為而施加變化的動詞）的前面，表示動作的目的或對象。「を」前面的名詞，是動作所涉及的對象。

例文 a

パンを　食(た)べます。

吃麵包。

◆ **比較說明** ◆

「に」前面接動詞ます形或サ行變格動詞詞幹，後接「來、去、回」等移動性動詞，表示動作、作用的目的或對象，語含「為了」之意；「を」前面接名詞，後面接他動詞，表示他動詞的目的語，也就是他動詞動作直接涉及的對象。

7 對象（人）＋に

給…、跟…

接續方法 {名詞}＋に

意思1

【對象－人】 表示動作、作用的對象。中文意思是：「給…、跟…」。

例文A

家族（かぞく）に　会（あ）いたいです。

想念家人。

比較

起點（人）＋から

從…、由…

接續方法 {名詞}＋から

意 思

【起點】 表示從某對象借東西、從某對象聽來的消息，或從某對象得到東西等。「から」前面就是這某對象。中文意思是：「從…、由…」。

例文a

山田（やまだ）さんから　時計（とけい）を　借（か）りました。

我向山田先生借了手錶。

◆ 比較說明 ◆

「對象（人）＋に」時，「に」前面是動作的接受者，也就是得到東西的人；「起點（人）＋から」時，「から」前面是動作的施予者，也就是給東西的人。但是，用句型「をもらいます」（得到…）時，表示給東西的人，用「から」或「に」都可以，這時候「に」表示動作的來源，要特別記下來喔！

Track 008

8 對象（物・場所）＋に

…到、對…、在…、給…

接續方法 {名詞} ＋に

意思 1

【對象－物・場所】「に」的前面接物品或場所，表示施加動作的對象，或是施加動作的場所、地點。中文意思是：「…到、對…、在…、給…」。

例文 A

花(はな)に　水(みず)を　やります。

澆花。

比較

場所＋まで

…到

接續方法 {名詞} ＋まで

意　思

【到達場所】 表示距離的範圍，「まで」前面的名詞是終點的場所。中文意思是：「…到」。

例文 a

学校(がっこう)まで、うちから　歩(ある)いて　３０分(さんじゅっぷん)です

從我家走到學校是三十分鐘。

◆ **比較說明** ◆

「に」前接物品或場所，表示動作接受的物品或場所；「まで」表到達場所。前接場所，表示動作到達的場所，也表示結束的場所。

に【對象－物・場所】

まで【到達場所】

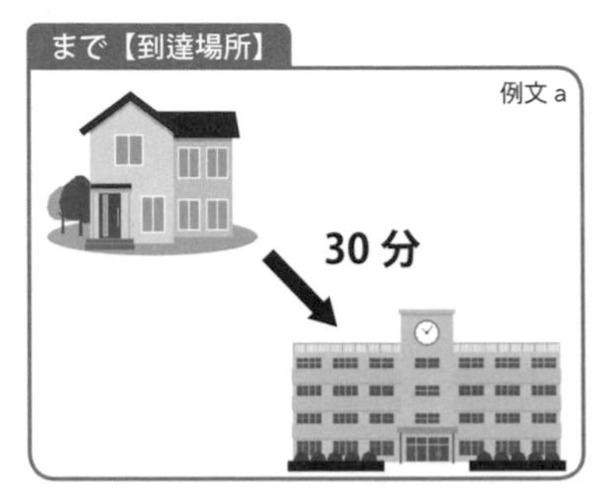

Track 009

9 目的語＋を

接續方法 {名詞}＋を

意思1

【目的】「を」用在他動詞（人為而施加變化的動詞）的前面，表示動作的目的或對象。「を」前面的名詞，是動作所涉及的對象。

例文A

シャワーを　浴（あ）びます。

沖澡。

比較

對象（人）＋に

給…、跟…

接續方法 {名詞}＋に

意　思

【對象－人】 表示動作、作用的對象。中文意思是：「給…、跟…」。

例文 a

弟に　メールを　出しました。

寄電子郵件給弟弟了。

◆ **比較說明** ◆

「を」表目的，前接目的語，表示他動詞的目的語，也就是他動詞直接涉及的對象；「に」表對象，前接對象（人），則表示動作的接受方，也就是 A 方單方面，授予動作對象的 B 方（人物、團體、動植物等），而做了什麼事。

Track 010

10 [通過・移動]＋を＋自動詞

接續方法 {名詞}＋を＋{自動詞}

意思 1

【移動】 表示移動的場所。接表示移動的自動詞，像是「歩く（走）、飛ぶ（飛）、走る（跑）」等。

例文 A

毎朝　公園を　散歩します。

每天早上都去公園散步。

意思 2

【通過】 用助詞「を」表示通過的場所，而且「を」後面常接表示通過場所的自動詞，像是「渡る（越過）、曲がる（轉彎）、通る（經過）」等。

例文 B

交差点を　右に　曲がります。

在路口向右轉。

比較

到達點＋に

到…、在…

接續方法 {名詞}＋に

意 思

【到達點】 表示動作移動的到達點。中文意思是：「到…、在…」。

例文 b

お風呂に　入ります。

去洗澡。

◆ **比較說明** ◆

「を」表通過，表示通過的場所，不會停留在那個場所；「に」表到達點。表示動作移動的到達點，所以會停留在那裡一段時間，後面常接「着きます（到達）、入ります（進入）、乗ります（搭乘）」等動詞。

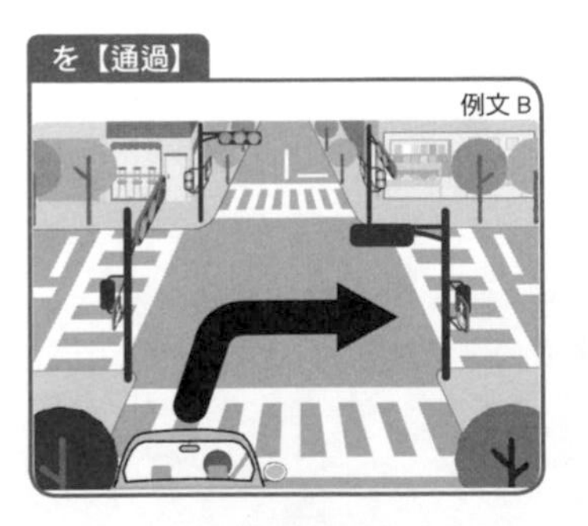

離開點＋を

接續方法 {名詞}＋を

意思 1

【起點】 動作離開的場所用「を」。例如，從家裡出來，學校畢業或從車、船及飛機等交通工具下來。

例文 A

毎朝　8時に　家を　出ます。

每天早上八點出門。

比較

● 場所＋から

從…

接續方法 {名詞}＋から

意　思

【起點】 表示距離的範圍，「から」前面的名詞是起點的場所。中文意思是：「從…」。

例文 a

東京から　仙台まで、新幹線は　1万円くらい　かかります。

從東京到仙台，搭新幹線列車約需花費一萬日圓。

◆ 比較說明 ◆

「を」表起點，表示離開某個具體的場所、交通工具，後面常接「出ます（出去；出來）、降ります（下〔交通工具〕）」等動詞；「から」也表起點，但強調從某個場所或時間點開始做某個動作。

MEMO

1 実力テスト 做對了，往😊走，做錯了往✖走。

次の文の＿＿＿にはどんな言葉を入れたらよいか。1・2 から最も適当なものをひとつ選びなさい。

實力測驗

Q 哪一個是正確的？

1 兄は　バイク（　　）好きです。

1. が　　2. を

譯

1. が：X
2. を：X

2 変な　人（　　）、さっきから　ずっと　私の　方を　見て　います。

1. が　　2. は

譯

1. が：X
2. は：X

3 明日　10 時（　　）会いましょう。

1. に　　2. で

譯

1. に：在…
2. で：在…

4 山本さんは、今　トイレ（　　）入って　います。

1. を　　2. に

譯

1. を：X
2. に：在…

5 お金（　　）払って　店を　出ました。

1. を　　2. が

譯

1. を：從…
2. が：X

6 いつ　家（　　）着きますか。

1. に　　2. を

譯

1. に：到…
2. を：X

答案：（1）1（2）1（3）1（4）2（5）1（6）1

Chapter

2 格助詞の使用（二）

★★★★★

Track 012

場所＋で

在…

接續方法 {名詞}＋で

意思 1

【場所】 動作進行或發生的場所，是有意識地在某處做某事。「で」的前項為後項動作進行的場所。不同於「を」表示動作所經過的場所，「で」表示所有的動作都在那一場所進行。中文意思是：「在…」。

例文 A

海で　泳ぎます。

在海裡游泳。

比較

通過＋を＋自動詞

接續方法 {名詞}＋を＋{自動詞}

意　思

【通過】 用助詞「を」表示經過或移動的場所，而且「を」後面常接表示通過場所的自動詞，像是「渡る（越過）、通る（經過）、曲がる（轉彎）」等。

例文 a

この　バスは　映画館の　前を　通りますか。

請問這輛巴士會經過電影院門口嗎？

◆ **比較說明** ◆

「で」表場所，表示所有的動作都在那個場所進行；「を」表通過，只表示動作所經過的場所，後面常接「渡ります（越過）、曲がります（轉彎）、歩きます（走路）、走ります（跑步）、飛びます（飛）」等自動詞。

で【場所】

を【通過】

Track 013

2 ［方法・手段］＋で

(1) 乘坐…；(2) 用…

接續方法 {名詞}＋で

意思 1

【交通工具】 是使用的交通運輸工具。中文意思是：「乘坐…」。

例文A

自転車で　図書館へ　行きます。

騎腳踏車去圖書館。

意思 2

【手段】 表示動作的方法、手段，也就是利用某種工具去做某事。中文意思是：「用…」。

例文B

スマートフォンで　動画を　見ます。

用智慧型手機看影片。

比較

對象（物・場所）＋に

…到、對…、在…、給…

接續方法 {名詞}＋に

意 思

【對象－物・場所】「に」的前面接物品或場所，表示施加動作的對象，或是施加動作的場所、地點。中文意思是：「…到、對…、在…、給…」。

例文 b

家(いえ)**に　電話**(でんわ)**を　かけます。**

打電話回家。

◆ 比較說明 ◆

「で」表手段。表示動作的方法、手段；「に」表對象（物、場所）。表示施加動作的對象或地點。

で【手段】

に【對象－物・場所】

Track 014

3 材料＋で

用…；用什麼

接續方法 {名詞}＋で

意思 1

【材料】製作什麼東西時，使用的材料。中文意思是：「用…」。

例文A

日本の　お酒は　米で　できて　います。

日本的酒是用米釀製而成的。

補 充

〔詢問－何で〕 詢問製作的材料時，前接疑問詞「何＋で」。中文意思是：「用什麼」。

例 文

「これは　何で　作った　お菓子ですか。」「りんごで　作った　お菓子です。」

「這是用什麼食材製作的甜點呢？」「這是用蘋果做成的甜點。」

比較

● 目的＋に

去…、到…

接續方法 {動詞ます形；する動詞詞幹}＋に

意 思

【目的】 表示動作、作用的目的、目標。中文意思是：「去…、到…」。

例文 a

海へ　泳ぎに　行きます。

去海邊游泳。

◆ 比較說明 ◆

「で」表材料，表示製作東西所使用的材料；「に」表目的，表示動作的目的。請注意，「に」前面接的動詞連用形，只要將「動詞ます」的「ます」拿掉就是了。

で【材料】

に【目的】

Track 015

4 理由＋で

因為…

接續方法 {名詞}＋で

意思1

【原因】「で」的前項為後項結果的原因、理由，是一種造成某結果的客觀、直接原因。中文意思是：「因為…」。

例文A

風邪（かぜ）で　学校（がっこう）を　休（やす）みました。

由於感冒而向學校請假了。

比較

動詞＋て

因為

接續方法 {動詞て形}＋て

意思

【原因】「動詞＋て」可表示原因，但其因果關係比「から」、「ので」還弱。中文意思是：「因為」。

例文a

宿題（しゅくだい）を　家（いえ）に　忘（わす）れて、困（こま）りました。

忘記帶作業來了，不知道該怎麼辦才好。

◆ 比較説明 ◆

「理由＋で」、「動詞＋て」都可以表示原因。「で」用在簡單明白地敘述原因，因果關係比較單純的情況，前面要接名詞，例如「風邪（感冒）、地震（地震）」等；「動詞＋て」可以用在因果關係比較複雜的情況，但意思比較曖昧，前後關聯性也不夠直接。

原因＋で【原因】

例文 A

動詞＋て【原因】

例文 a

Track 016

5 數量＋で＋數量

共…

接續方法 {數量詞} ＋で＋ {數量詞}

意思 1

【數量總和】「で」的前後可接數量、金額、時間單位等表示數量的合計、總計或總和。中文意思是：「共…」。

例文 A

一人で　全部　食べて　しまいました。

獨自一人全部吃光了。

比較

數量＋も

竟…、也

接續方法 {數量詞} ＋も

意思

【強調數量】「も」前面接數量詞，表示數量比一般想像的還多，有強調多的作用。含有意外的語意。中文意思是：「竟…、也」。

例文 a

ご飯(はん)を　3杯(さんばい)も　食(た)べました。

飯吃了 3 碗之多。

◆ **比較説明** ◆

「で」表示數量總和。前後接數量、金額、時間單位等，表示數量總額的統計；「も」表示強調數量。前面接數量詞，後接動詞肯定時，表示數量之多超出預料。前面接數量詞，後接動詞否定時，表示數量之少超出預料。有強調的作用。

Track 017

6 ［狀態・情況］＋で

在…、以…

接續方法 {名詞} ＋で

意思 1

【狀態】 表示動作主體在某種狀態、情況下做後項的事情。中文意思是：「在…、以…」。

例文 A

この　部屋(へや)に　靴(くつ)で　入(はい)らないで　ください。

請不要穿著鞋子進入這個房間。

補充

〖數量〗也表示動作、行為主體在多少數量的狀態下。

例文

40歳(よんじゅっさい)で　社長(しゃちょう)に　なりました。

四十歲時當上了社長。

比較

が

接續方法 {名詞}＋が

意思

【主語】 用於表示動作的主語，「が」前接描寫眼睛看得到的、耳朵聽得到的事情等。

例文 a

風(かぜ)が　吹(ふ)いて　います。

風正在吹。

◆ **比較說明** ◆

「で」表示狀態，表示以某種狀態做某事，前面可以接人物相關的單字，例如「家族(かぞく)（家人）、みんな（大家）、自分(じぶん)（自己）、一人(ひとり)（一個人）」時，意思是「…一起（做某事）」、「靠…（做某事）」；「が」表示主語，前面接人時，是用來強調這個人是實行動作的主語。

で【狀態】

例文A

が【主語】

例文 a

7 [場所・方向]+へ(に)

往…、去…

接續方法 {名詞}+へ(に)

意思1

【方向】 前接跟地方、方位等有關的名詞，表示動作、行為的方向，也指行為的目的地。中文意思是：「往…、去…」。

例文A

先週(せんしゅう)、大阪(おおさか)へ　行(い)きました。

上星期去了大阪。

補 充

〘可跟に互換〙 可跟「に」互換。

例 文

先月(せんげつ)、日本(にほん)に　来(き)ました。

在上個月來到了日本。

比較

場所+で

在…

接續方法 {名詞}+で

意 思

【場所】「で」的前項為後項動作進行的場所。不同於「を」表示動作所經過的場所，「で」表示所有的動作都在那一場所進行。中文意思是：「在…」。

例文a

玄関(げんかん)で　靴(くつ)を　脱(ぬ)ぎました。

在玄關脫了鞋子。

◆ **比較說明** ◆

「へ（に）」表示方向。表示動作的方向或目的地，後面常接「行きます（去）、来ます（來）」等動詞；「で」表場所。表示動作發生、進行的場所。

へ（に）【方向】

で【場所】

Track 019

8 場所＋へ（に）＋目的＋に

到…（做某事）

接續方法 {名詞}＋へ（に）＋{動詞ます形；する動詞詞幹}＋に

意思1

【目的】 表示移動的場所用助詞「へ」（に），表示移動的目的用助詞「に」。「に」的前面要用動詞ます形。中文意思是：「到…（做某事）」。

例文A

京都へ　桜を　見に　行きませんか。

要不要去京都賞櫻呢？

補　充

〘サ変→語幹〙 遇到サ行變格動詞（如：散歩します），除了用動詞ます形，也常把「します」拿掉，只用語幹。

例　文

アメリカへ　絵の　勉強に　行きます。

要去美國學習繪畫。

比較

ため（に）

以…為目的，做…、為了…

接續方法 {名詞の；動詞辭書形}＋ため（に）

意 思

【目的】 表示為了某一目的，而有後面積極努力的動作、行為，前項是後項的目標，如果「ため（に）」前接人物或團體，就表示為其做有益的事。中文意思是：「以…為目的，做…、為了…」。

例文 a

世界（せかい）を　知（し）る　ために、たくさん　旅行（りょこう）を　した。

為了了解世界，到各地去旅行。

◆ **比較說明** ◆

「に」跟「ため（に）」都表目的，前面也都接目的語，但「に」要接動詞ます形，「ため（に）」接動詞辭書形或「名詞＋の」。另外，句型「場所＋へ（に）＋目的＋に」表示移動的目的，所以後面常接「行（い）きます（去）、来（き）ます（來）」等移動動詞；「ため（に）」後面主要接做某事。

へ（に）～に【目的】

例文 A

ため（に）【目的】

例文 a

Track 020

9 や

…和…

接續方法 {名詞}＋や＋{名詞}

意思 1

【列舉】 表示在幾個事物中，列舉出二、三個來做為代表，其他的事物就被省略下來，沒有全部説完。中文意思是：「…和…」。

例文 A

財布（さいふ）には　お金（かね）や　カードが　入（はい）って　います。

錢包裡裝著錢和信用卡。

比較

名詞＋と＋名詞

…和…、…與…

接續方法 {名詞}＋と＋{名詞}

意　思

【名詞的並列】 表示幾個事物的並列。想要敘述的主要東西，全部都明確地列舉出來。「と」大多與名詞相接。中文意思是：「…和…、…與…」。

例文 a

公園（こうえん）に　猫（ねこ）と　犬（いぬ）が　います。

公園裡有貓有狗。

◆ 比較説明 ◆

「や」和「名詞＋と＋名詞」意思都是「…和…」，「や」暗示除了舉出的二、三個，還有其他的；「と」則會舉出所有事物來。

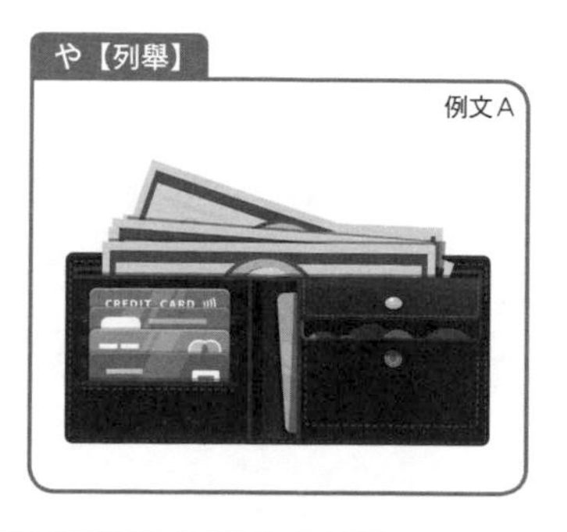

Track 021

10 や～など

和…等

接續方法 {名詞} ＋や＋ {名詞} ＋など

意思 1

【列舉】 這也是表示舉出幾項，但是沒有全部說完。這些沒有全部說完的部分用副助詞「など」（等等）來加以強調。「など」常跟「や」前後呼應使用。這裡雖然多加了「など」，但意思跟「や」基本上是一樣的。中文意思是：「和…等」。

例文 A

りんごや　みかんなどの　果物(くだもの)が　好(す)きです。

我喜歡蘋果和橘子之類的水果。

比較

も

也…也…、都是…

接續方法 {名詞} ＋も＋ {名詞} ＋も

意　思

【並列】 表示同性質的東西並列或列舉。中文意思是：「也…也…、都是…」。

例文 a

猫(ねこ)も　犬(いぬ)も　黒(くろ)いです。

貓跟狗都是黑色的。

◆ 比較說明 ◆

「や～など」表示列舉，是列舉出部分的項目來，接在名詞後面；「も」表示並列之外，還有累加、重複之意。除了接在名詞後面，也有接在「名詞＋助詞」之後的用法。

や～など【列舉】

も【並列】

MEMO

2 実力テスト 做對了，往😊走，做錯了往✕走。

次の文の＿＿＿にはどんな言葉を入れたらよいか。1・2から最も適当なものをひとつ選びなさい。

實力測驗

Q 哪一個是正確的？

1 手紙（　　）小包を　送りました。
（指寄了信和包裹這兩件時）
1. も　　　2. や

譯
1. も：也
2. や：和

2 駅から　学校まで　バス（　　）行きます。
1. で　　　2. に

譯
1. で：乘坐…
2. に：在…

3 冷蔵庫に　野菜（　　）果物が　入って　います。
1. で　　　2. や

譯
1. で：在…
2. や：…和…

4 地震（　　）電車が　止まりました。
1. で　　　2. て

譯
1. で：因為
2. て：X

5 昨日は　デパートへ　買い物（　　）行きました。
1. を　　　2. に

譯
1. を：X
2. に：去…

6 私の　兄は　来月から　郵便局（　　）働きます。
1. で　　　2. へ

譯
1. で：在…
2. へ：去…

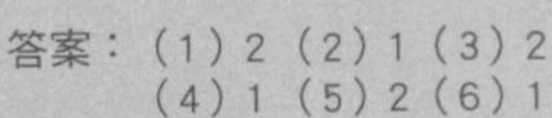

答案：（1）2（2）1（3）2
（4）1（5）2（6）1

Chapter 3

★★★★★

格助詞の使用（三）

Track 022

1 名詞＋と＋名詞

…和…、…與…

接續方法 {名詞}＋と＋{名詞}

意思 1

【並列】 表示幾個事物的並列。想要敘述的主要東西，全部都明確地列舉出來。「と」大多與名詞相接。中文意思是：「…和…、…與…」。

例文 A

卵（たまご）と　牛乳（ぎゅうにゅう）を　買（か）います。

要去買雞蛋和牛奶。

比較

名詞／動詞辭書形＋か

…或…

接續方法 {名詞～動詞辭書形}＋か

意　思

【選擇】 表示在幾個當中，任選其中一個。中文意思是：「…或…」。

例文 a

ビールか　お酒（さけ）を　飲（の）みます。

喝啤酒或是清酒。

◆ **比較說明** ◆

「名詞＋と＋名詞」表示並列。並列人物或事物等；「名詞／動詞辭書形＋か」表示選擇。用在並列兩個（或兩個以上）的例子，從中選擇一個。

と【並列】

例文 A

か【選擇】

例文 a

Track 023

2 名詞＋と＋おなじ

和…一樣的、和…相同的；…和…相同

接續方法 {名詞}＋と＋おなじ

意思 1

【同樣】 表示後項和前項是同樣的人事物。中文意思是：「和…一樣的、和…相同的」。

例文 A

あの 人(ひと)と 同(おな)じものが 食(た)べたいです。

我想和那個人吃相同的東西。

補 充

〘N と N は同じ〙 也可以用「名詞＋と＋名詞＋は＋同じ」的形式。中文意思是：「…和…相同」。

例 文

私(わたし)と 美和(みわ)さんは 同(おな)じ 中学(ちゅうがく)です。

我跟美和同學就讀同一所中學。

比較

● と一緒に

跟…一起

接續方法 {句子}＋と一緒に

意 思

【共同】 表示我和某人一起做某動作。中文意思是：「跟…一起」。

例文 a

山田さんは 「家内と 一緒に 行きました。」と 言いました。

山田先生說：「我跟太太一起去過了。」

◆ **比較說明** ◆

「とおなじ」表同樣，用在比較兩個人事物；「と一緒に」表共同，用在跟某些人一起做同樣事情的意思。

Track 024

3 對象＋と

跟…一起；跟…（一起）；跟…

接續方法 {名詞}＋と

意思 1

【對象】「と」前接一起去做某事的對象時，常跟「一緒に」一同使用。中文意思是：「跟…一起」。

例文A

妹(いもうと)と　いっしょに　学校(がっこう)へ　行(い)きます。

和妹妹一起上學。

補充1

〚可省略一緒に〛 這個用法的「一緒(いっしょ)に」也可省略。中文意思是：「跟…（一起）」。

例　文

友達(ともだち)と　図書館(としょかん)で　勉強(べんきょう)します。

要和朋友到圖書館用功。

補充2

〚對象＋と＋一人不能完成的動作〛「と」前接表示互相進行某動作的對象，後面要接一個人不能完成的動作，如結婚、吵架、或偶然在哪裡碰面等等。中文意思是：「跟…」。

例　文

大学(だいがく)で　李(リー)さんと　会(あ)いました。

在大學遇到了李小姐。

比較

● 對象（人）＋に

給…、跟…

接續方法 {名詞}＋に

意　思

【對象－人】 表示動作、作用的對象。中文意思是：「給…、跟…」。

例文a

友達(ともだち)に　電話(でんわ)を　かけます。

打電話給朋友。

◆ 比較說明 ◆

前面接人的時候，「と」表對象，表示雙方一起做某事；「に」也表對象，但表示單方面對另一方實行某動作。譬如，「会（あ）います（見面）」前面接「と」的話，表示是在約定好，雙方都有準備要見面的情況下，但如果接「に」的話，表示單方面有事想見某人，或是和某人碰巧遇到。

と【對象】

例文A

に【對象－人】

例文a

Track 025

4 引用內容＋と

說…、寫著…

接續方法 {句子}＋と

意思1

【引用內容】 用於直接引用。「と」接在某人說的話，或寫的事物後面，表示說了什麼、寫了什麼。中文意思是：「說…、寫著…」。

例文A

先生（せんせい）が「明日（あした）　テストを　します」と　言（い）いました。

老師宣布了「明天要考試」。

比較

という＋名詞

叫做…

接續方法 {名詞}＋という＋{名詞}

意 思

【介紹名稱】 表示說明後面這個事物、人或場所的名字。一般是說話人或聽話人一方，或者雙方都不熟悉的事物。詢問「什麼」的時候可以用「何(なん)と」。中文意思是：「叫做…」。

例文 a

その　店(みせ)は　何(なん)と　いう　名前(なまえ)ですか。

那家店叫什麼名字？

◆ 比較說明 ◆

「と」用在引用一段話或句子；「という」用在提示出某個名稱。

Track 026

5 から～まで、まで～から

(1) 從…到…；到…從…；(2) 從…到…；到…從…

接續方法 {名詞} ＋から＋ {名詞} ＋まで、{名詞} ＋まで＋ {名詞} ＋から

意思 1

【時間範圍】 表示時間的範圍，也就是某動作發生在某期間，「から」前面的名詞是開始的時間，「まで」前面的名詞是結束的時間。中文意思是：「從…到…」。

例文 A

仕事(しごと)は　9時(くじ)から　3時(さんじ)までです。

工作時間是從九點到三點。

補 充

〖まで～から〗 表示時間的範圍，也可用「まで～から」。中文意思是：「到…從…」。

例 文

試験(しけん)の　日(ひ)まで、今日(きょう)から　頑張(がんば)ります。

從今天開始努力用功到考試那天為止。

意思 2

【距離範圍】 表示移動的範圍，「から」前面的名詞是起點，「まで」前面的名詞是終點。中文意思是：「從…到…」。

例文 B

うちから　駅(えき)まで　歩(ある)きます。

從家裡走到車站。

補 充

〖まで～から〗 表示距離的範圍，也可用「まで～から」。中文意思是：「到…從…」。

例 文

台湾(タイワン)まで、東京(とうきょう)から　飛行機(ひこうき)で　4時間(よじかん)くらいです。

從東京搭乘飛機到台灣大約需要四個小時。

比較

や～など

和…等

接續方法 {名詞} ＋や＋ {名詞} ＋など

意 思

【列舉】 這也是表示舉出幾項，但是沒有全部說完。這些沒有全部說完的部分用「など」（等等）來加以強調。「など」常跟「や」前後呼應使用。這裡雖然多加了「など」，但意思跟「や～」基本上是一樣的。中文意思是：「和…等」。

例文b

机(つくえ)に　ペンや　ノートなどが　あります。

書桌上有筆和筆記本等等。

◆ **比較説明** ◆

「から～まで」表示距離範圍，是「從…到…」的意思；「や～など」則是列舉出部分的項目，是「…和…等」的意思。

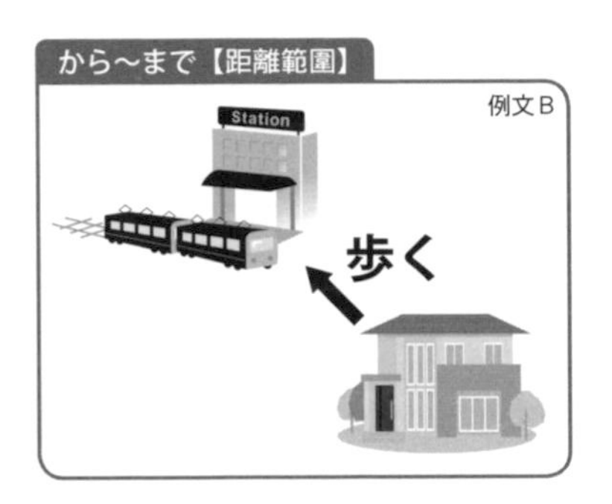

Track 027

6 起點（人）＋から

從…、由…

接續方法 {名詞} ＋から

意思1

【起點】 表示從某對象借東西、從某對象聽來的消息，或從某對象得到東西等。「から」前面就是這某對象。中文意思是：「從…、由…」。

例文A

父(ちち)から　時計(とけい)を　もらいました。

爸爸送了手錶給我。

比較

離開點＋を

從…

接續方法 {名詞}＋を

意　思

【離開點】 動作離開的場所用「を」。例如，從家裡出來，學校畢業或從車、船及飛機等交通工具下來。中文意思是：「從…」。

例文 a

学校(がっこう)を　卒業(そつぎょう)します。

從學校畢業。

◆ 比較說明 ◆

「から」表示起點，前面接人，表示物品、信息等的起點（提供方或來源方），也就是動作的施予者；「を」表示離開點，後面接帶有離開或出發意思的動詞，表示離開某個具體的場所、交通工具、出發地點。

Track 028

7 名詞＋の＋名詞

…的…

接續方法 {名詞}＋の＋{名詞}

意思１

【所屬】 用於修飾名詞，表示該名詞的所有者、內容說明、作成者、數量、材料、時間及位置等等。中文意思是：「…的…」。

例文Ａ

母(はは)の　料理(りょうり)は　おいしいです。

媽媽做的菜很好吃。

比較

● 名詞＋の

…的…

接續方法 {名詞}＋の

意　思

【名詞修飾主語】 在「私(わたし)が　作(つく)った　歌(うた)」這種修飾名詞（「歌」）句節裡，可以用「の」代替「が」，成為「私(わたし)の　作(つく)った　歌(うた)」。那是因為這種修飾名詞的句節中的「の」，跟「私(わたし)の　歌(うた)」中的「の」有著類似的性質。中文意思是：「…的…」。

例文ａ

姉(あね)の　作(つく)った　料理(りょうり)です。

這是姊姊做的料理。

◆ **比較說明** ◆

「名詞＋の＋名詞」表示所屬，在兩個名詞中間，做連體修飾語，表示：所屬、內容說明、作成者、數量、同位語及位置基準等等；「名詞＋の」表名詞修飾主詞，表示句中的小主語。和「が」同義。也就是「の」所連接的詞語具有小主語的功能。例如：「あの髪(かみ)の（＝が）長(なが)い女(おんな)の子(こ)は誰(だれ)ですか／那個長頭髮的女孩是誰？」

Track 029

8 名詞＋の

…的

接續方法 {名詞}＋の

意思1

【省略名詞】 準體助詞「の」後面可省略前面出現過，或無須說明大家都能理解的名詞，不需要再重複，或替代該名詞。中文意思是：「…的」。

例文A

この　パソコンは　会社（かいしゃ）のです。

這台電腦是公司的。

比較

形容詞＋の

…的

接續方法 {形容詞基本形}＋の

意　思

【修飾の】 形容詞後面接的「の」是一個代替名詞，代替句中前面已出現過，或是無須解釋就明白的名詞。中文意思是：「…的」。

例文 a

トマトは　赤（あか）いのが　おいしいです。

蕃茄要紅的才好吃。

◆ **比較說明** ◆

為了避免重複，用形式名詞「の」代替前面提到過的，無須說明大家都能理解的名詞，或後面將要說明的事物、場所等；「**形容詞＋の**」表示修飾「の」。形容詞後面接的「の」是一個代替名詞，代替句中前面已出現過，或是無須解釋就明白的名詞。

名詞＋の【省略名詞】

例文 A

形容詞＋の【修飾の】

例文 a

Track 030

9 名詞＋の

…的…

接續方法 {名詞}＋の

意思 1

【修飾句中小主語】 表示修飾句中的小主語，意義跟「が」一樣，例如：「あの背（せ）の（＝が）低（ひく）い人（ひと）は田中（たなか）さんです／那位小個子的是田中先生」。大主題用「は」表示，小主語用「の」表示。中文意思是：「…的…」。

例文 A

母（はは）の　作（つく）った　料理（りょうり）を　食（た）べます。

我要吃媽媽做的菜。

比較

• は～が

接續方法 {名詞}＋は＋{名詞}＋が

意思

【主題】「が」前面接名詞，可以表示該名詞是後續謂語所表示的狀態的對象。

例文 a

京都は、寺が　多いです。

京都有很多寺院。

◆ 比較說明 ◆

「の」可以表示修飾句中的小主語；「は～が」表主題，接在名詞的後面，可以表示這個名詞就是大主題。如「私は映画が好きです／我喜歡看電影」。

名詞＋の【修飾句中小主語】

は～が【主題】

MEMO

3 実力テスト 做對了，往😊走，做錯了往✖走。

次の文の＿＿＿にはどんな言葉を入れたらよいか。1・2から最も適当なものをひとつ選びなさい。

實力測驗

Q 哪一個是正確的？

1 ここは　私（わたし）（　　）働（はたら）いて　いる　会社（かいしゃ）です。

1. の　　2. は

譯

1. の：的
2. は：X

2 その　靴（くつ）は　私（わたし）（　　）です。

1. の　　2. こと

譯

1. の：的
2. こと：X

3 妹（いもうと）が　好（す）きな　歌手（かしゅ）は、私（わたし）（　　）です。

1. と同（おな）じ　　2. と違（ちが）って

譯

1. と同じ：跟…一様
2. と違って：與…不同…

4 これは　台湾（タイワン）（　　）バナナですか。

1. か　　2. の

譯

1. か：或
2. の：的

5 銀行（ぎんこう）は　9時（くじ）から　3時（さんじ）（　　）です。

1. から　　2. まで

譯

1. から：從…
2. まで：到…

6 去年（きょねん）、友達（ともだち）（　　）いっしょに　海（うみ）へ　行（い）きました。

1. は　　2. と

譯

1. は：X
2. と：跟…

答案：（1）1（2）1（3）1（4）2（5）2（6）2

Chapter 4 ★★★★★

副助詞の使用

Track 031

1 は～です
…是…

接續方法 {名詞}＋は＋{敘述的內容或判斷的對象之表達方式}＋です

意思 1

【提示】 助詞「は」表示主題。所謂主題就是後面要敘述的對象，或判斷的對象，而這個敘述的內容或判斷的對象，只限於「は」所提示的範圍。用在句尾的「です」表示對主題的斷定或是說明。中文意思是：「…是…」。

例文 A

今日(きょう)は　暑(あつ)いです。

今天很熱。

補 充

〘省略「私は」〙 為了避免過度強調自我，用這個句型自我介紹時，常將「私(わたし)は」省略。

例 文

(私(わたし)は) 李芳(リーファン)です。よろしく　お願(ねが)いします。

（我叫）李芳，請多指教。

比較

は～ことだ

也就是…的意思

接續方法 {名詞} ＋は＋ {名詞} ＋のことだ

意 思

【說明】 表示對名詞的簡稱或英文等縮寫字母的解釋。中文意思是：「也就是…的意思」。

例文 a

TVは　テレビの　ことです。

所謂 TV 也就是電視的意思。

◆ 比較說明 ◆

「は～です」表示提示，提示已知事物作為談論的話題。助詞「は」用在提示主題，「です」表示對主題的斷定或是說明；「は～ことだ」表示說明。表示對名稱的解釋。

は～です【提示】

は～ことだ【說明】

Track 032

2 は～ません

(1) 不…；(2) 不…

接續方法 {名詞} ＋は＋ {否定的表達形式}

意思 1

【名詞的否定句】表話題，表示名詞的否定句，用「は～ではありません」表提示，的形式，表示「は」前面的主題，不屬於「ではありません」前面的名詞。中文意思是：「不…」。

例文 A

私（わたし）は　アメリカ人（じん）では　ありません。

我不是美國人。

意思 2

【動詞的否定句】表示動詞的否定句，後面接否定「ません」，表示「は」前面的名詞或代名詞是動作、行為否定的主體。中文意思是：「不…」。

例文 B

趙（チョウ）さんは　お酒（さけ）を　飲（の）みません。

趙先生不喝酒。

比較

動詞（現在否定）

沒…、不…

意 思

【現在否定】{動詞ます形}＋ません。動詞現在否定形敬體用「ません」。中文意思是：「沒…、不…」。

例文 b

今日（きょう）は　お風呂（ふろ）に　入（はい）りません。

今天不洗澡。

◆比較說明◆

「は～ません」是動詞否定句，後接否定助詞「ません」，表示「は」前面的名詞或代名詞是動作、行為否定的主體；「動詞（現在否定）」也是動詞後接否定助詞「ません」就形成了現在否定式的敬體了。

Track 033

3 は～が

接續方法 {名詞}＋は＋{名詞}＋が

意思 1

【話題】 表示以「は」前接的名詞為話題對象，對於這個名詞的一個部分或屬於它的物體（「が」前接的名詞）的性質、狀態加以描述。

例文 A

私（わたし）は　新（あたら）しい　靴（くつ）が　欲（ほ）しいです。

我想要一雙新鞋。

比較

は～です

…是…

接續方法 {名詞}＋は＋{敘述的內容或判斷的對象}＋です

意思

【提示】 助詞「は」表示主題。所謂主題就是後面要敘述的對象，或判斷的對象，而這個敘述的內容或判斷的對象，只限於「は」所提示的範圍。用在句尾的「です」表示對主題的斷定或是說明。中文意思是：「…是…」。

例文 a

花子（はなこ）は　きれいです。

花子很漂亮。

◆ 比較說明 ◆

「は～が」表話題，表示對主語（話題對象）的從屬物的狀態、性質進行描述；「は～です」表提示，表示提示句子的主題部分，接下來一個個說明，也就是對主題進行解說或斷定。

Track 034

4 は～が、～は～

但是…

接續方法 {名詞}＋は＋{名詞です（だ）；形容詞・動詞丁寧形（普通形）}＋が、{名詞}＋は

意思 1

【對比】「は」除了提示主題以外，也可以用來區別、比較兩個對立的事物，也就是對照地提示兩種事物。中文意思是：「但是…」。

例文 A

掃除（そうじ）は　しますが、料理（りょうり）は　しません。

我會打掃，但不做飯。

補 充

〖口語－けど〗 在一般口語中，可以把「が」改為「けど」。中文意思是：「但是…」。

例文

ワインは　好(す)きだけど、ビールは　好(す)きじゃない。

雖然喜歡喝紅酒，但並不喜歡喝啤酒。

比較

は～で、～です

是…，是…

接續方法 {名詞}＋は＋{名詞で；形容動詞詞幹で；形容詞くて}＋{名詞；形容動詞詞幹；形容詞普通形}＋です

意思

【並列】 表示連接前後文，有潤滑作用。中文意思是：「是…，是…」。

例文 a

これは　果物(くだもの)で　有名(ゆうめい)です。

這是水果，享有盛名。

◆ **比較說明** ◆

「は～が、～は～」表對比，用在比較兩件事物；但「は～で、～です」表並列，是針對一個主題，將兩個敘述合在一起說。

は～が、～は～【對比】

例文 A

は～で、～です【並列】

例文 a

5 も

(1) 也…也…、都是…；(2) 也、又；(3) 也和…也和…

意思 1

【並列】{名詞}＋も＋{名詞}＋も。表示同性質的東西並列或列舉。中文意思是：「也…也…、都是…」。

例文 A

父（ちち）も　母（はは）も　元気（げんき）です。

家父和家母都老當益壯。

意思 2

【累加】{名詞}＋も。可用於再累加上同一類型的事物。中文意思是：「也、又」。

例文 B

マリさんは　学生（がくせい）です。ケイトさんも　学生（がくせい）です。

瑪麗小姐是大學生，肯特小姐也是大學生。

意思 3

【重覆】{名詞}＋とも＋{名詞}＋とも。重覆、附加或累加同類時，可用「とも～とも」。中文意思是：「也和…也和…」。

例文 C

私（わたし）は　マリさんとも　ケイトさんとも　友達（ともだち）です。

瑪麗小姐以及肯特小姐都是我的朋友。

補　充

〖格助詞＋も〗{名詞}＋{格助詞}＋も。表示累加、重複時，「も」除了接在名詞後面，也有接在「名詞＋格助詞」之後的用法。

例　文

京都（きょうと）にも　大阪（おおさか）にも　行（い）ったことが　あります。

我去過京都也去過大阪。

比較

か

或者…

接續方法 {名詞} ＋か＋ {名詞}

意 思

【選擇】 表示在幾個當中，任選其中一個。中文意思是：「或者…」。

例文 c

ペンか　鉛筆（えんぴつ）で　書（か）きます。

用原子筆或鉛筆寫。

◆ 比較說明 ◆

「も」表示並列或累加、重複時，這些被舉出的事物，都符合後面的敘述；但「か」表示選擇，要在列舉的事物中，選出一個。

も【重覆】

か【選擇】

Track 036

6 も

竟、也

接續方法 {數量詞} ＋も

意思 1

【強調】「も」前面接數量詞，表示數量比一般想像的還多，有強調多的作用。含有意外的語意。中文意思是：「竟、也」。

例文Ａ

いえ　だいがく　にじかん
家から　大学まで　２時間も　かかります。

從家裡到大學要花上兩個鐘頭。

比較

● ずつ

每、各

接續方法 {數量詞} ＋ずつ

意思

【等量均攤】接在數量詞後面，表示平均分配的數量。中文意思是：「每、各」。

例文ａ

ひゃくえん　だ
みんなで　100円ずつ　出します。

大家各出 100 日圓。

◆比較說明◆

兩個文法都接在數量詞後面，但「も」是強調數量比一般想像的還多；「ずつ」表示數量是平均分配的。

も【強調】

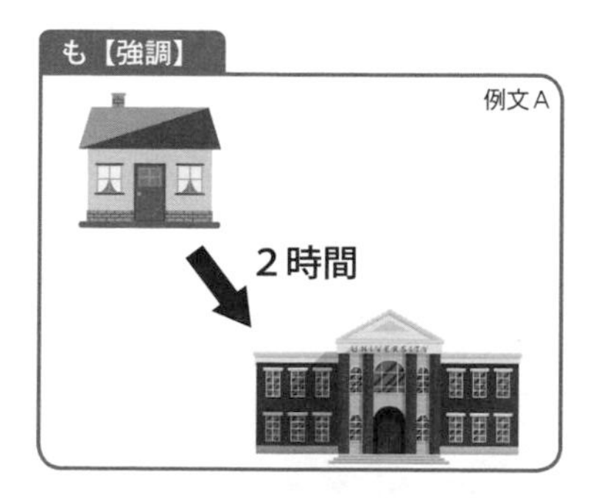

ずつ【等量均攤】

Track 037

7 には、へは、とは

接續方法 {名詞} ＋には、へは、とは

意思 1

【強調】 格助詞「に、へ、と」後接「は」，有特別提出格助詞前面的名詞的作用。

例文 A

この　部屋(へや)には　大(おお)きな　窓(まど)が　あります。

這個房間有一扇大窗戶。

比較

にも、からも、でも

接續方法 {名詞}＋にも、からも、でも

意　思

【強調】 格助詞「に、から、で」後接「も」，表示不只是格助詞前面的名詞以外的人事物。

例文 a

テストは　私(わたし)にも　難(むずか)しいです。

考試對我而言也很難。

◆ 比較說明 ◆

「は」表強調，前接格助詞時，是用在特別提出格助詞前面的名詞的時候；「も」也表強調，前接格助詞時，表示除了格助詞前面的名詞以外，還有其他的人事物。

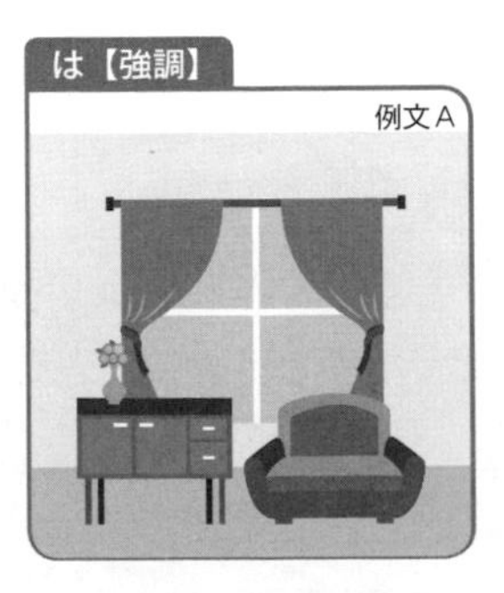

Track 038

8 にも、からも、でも

接續方法 {名詞} ＋にも、からも、でも

意思 1

【強調】 格助詞「に、から、で」後接「も」，表示不只是格助詞前面的名詞以外的人事物。

例文Ａ

これは　インターネットでも　買(か)えます。

這東西在網路上也買得到。

比較

● なにも、だれも、どこへも

也（不）…、都（不）…

接續方法 なにも、だれも、どこへも＋{否定表達方式}

意　思

【全面否定】「も」上接「なに、だれ、どこへ」等疑問詞，下接否定語，表示全面的否定。中文意思是：「也（不）…、都（不）…」。

例文ａ

今日(きょう)は　何(なに)も　食(た)べませんでした。

今天什麼也沒吃。

◆ **比較說明** ◆

格助詞「に、から、で」後接「も」，表示除了格助詞前面的名詞以外，還有其他的人事物，有強調語氣；「も」上接疑問代名詞「なに、だれ、どこへ」，下接否定語，表示全面的否定，如果下接肯定語，就表示全面肯定。

Track 039

9 か
或者…

接續方法 {名詞}＋か＋{名詞}

意思 1

【選擇】 表示在幾個當中，任選其中一個。中文意思是：「或者…」。

例文 A

バスか　自転車(じてんしゃ)で　行(い)きます。

搭巴士或騎自行車前往。

比較

か～か～
…或是…

接續方法 {名詞}＋か＋{名詞}＋か；{形容詞普通形}＋か＋{形容詞普通形}＋か；{形容動詞詞幹}＋か＋{形容動詞詞幹}＋か；{動詞普通形}＋か＋{動詞普通形}＋か

意　思

【選擇】「か」也可以接在幾個選擇項目的後面，表示在幾個當中，任選其中一個。中文意思是：「…或是…」。

例文 a

暑(あつ)いか　寒(さむ)いか　分(わ)かりません。

不知道是熱還是冷。

◆ 比較說明 ◆

兩個都表選擇。「か」表示在幾個名詞當中，任選其中一個，或接意思對立的兩個選項，表示從中選出一個；「か～か～」會接兩個（或以上）並列的句子，表示提供聽話人兩個（或以上）方案，要他從中選一個出來。

Track 040

10 か～か～

(1)…呢？還是…呢；(2)…或是…

接續方法 {名詞}＋か＋{名詞}＋か；{形容詞普通形}＋か＋{形容詞普通形}＋か；{形容動詞詞幹}＋か＋{形容動詞詞幹}＋か；{動詞普通形}＋か＋{動詞普通形}＋か

意思 1

【疑問】「～か＋疑問詞＋か」中的「～」是舉出疑問詞所要問的其中一個例子。中文意思是：「…呢？還是…呢」。

例文 A

海(うみ)か　どこか、遠(とお)いところへ　行(い)きたいな。

真想去海邊或是某個地方，總之離這裡越遠越好。

意思 2

【選擇】「か」也可以接在幾個選擇項目的後面，表示在幾個當中，任選其中一個。中文意思是：「…或是…」。

例文B

好(す)きか　嫌(きら)いか　知(し)りません。

不知道喜歡還是討厭。

比較

か～ないか～

是不是…呢

接續方法 {名詞}＋か＋{名詞}＋ないか；{形容詞普通形}＋か＋{形容詞普通形}＋ないか；{形容動詞詞幹}＋か＋{形容動詞詞幹}＋ないか；{動詞普通形}＋か＋{動詞普通形}＋ないか

意 思

【選擇】 表示對不清楚的事物進行選擇。中文意思是：「是不是…呢」。

例文b

おもしろいか　おもしろくないか　分(わ)かりません。

我不知道是否有趣。

◆ 比較說明 ◆

「か～か～」表選擇，表示疑問並選擇；「か～ないか～」也表示選擇，表示不確定的內容的選擇。

11 ぐらい、くらい

(1) 大約、左右；(2) 大約、左右、上下；和…一樣…

接續方法 {數量詞} ＋ぐらい、くらい

意思 1

【數量】 一般用在無法預估正確的約略數量，或是數量不明確的時候。中文意思是：「大約、左右」。

例文 A

この　お皿(さら)は　100 万円(ひゃくまんえん)くらい　しますよ。

這枚盤子價值大約一百萬圓喔！

意思 2

【時間】 用於對某段時間長度的推測、估計。中文意思是：「大約、左右、上下」。

例文 B

もう　20 年(にじゅうねん)ぐらい　日本(にほん)に　住(す)んで　います。

已經住在日本大約 20 年。

補　充

〔程度相同〕 可表示兩者的程度相同，常搭配「と同(おな)じ」。中文意思是：「和…一樣…」。

例　文

私(わたし)の　国(くに)は　日本(にほん)の　夏(なつ)と　同(おな)じぐらい　暑(あつ)いです。

我的國家差不多和日本的夏天一樣熱。

比較

● ごろ

左右

接續方法 {名詞} ＋ごろ

意 思

【時間】 表示大概的時間點，一般只接在年、月、日，和鐘點的詞後面。中文意思是：「左右」。

例文 b

2005年（にせんごねん）ごろから　北京（ペキン）に　いました。

我從 2005 年左右就待在北京。

◆ **比較說明** ◆

兩個都表時間。表示時間的估計時，「ぐらい」前面可以接一段時間，或是某個時間點。而「ごろ」前面只能接某個特定的時間點。在前接時間點時，「ごろ」後面的「に」可以省略，但「ぐらい」後面的「に」一定要留著。

Track 042

12 だけ

只、僅僅

接續方法 {名詞（＋助詞＋）}＋だけ；{名詞；形容動詞詞幹な}＋だけ；{形容詞・動詞普通形}＋だけ

意思 1

【限定】 表示只限於某範圍，除此以外沒有別的了。用在限定數量、程度，也用在人物、物品、事情等。中文意思是：「只、僅僅」。

例文A

午前中（ごぜんちゅう）だけ　働（はたら）きます。

只在上午工作。

比較

まで

到…

接續方法 {名詞}＋まで

意 思

【範圍終點】 表示距離或時間的範圍，「まで」前面的名詞是終點或結束的時間。中文意思是：「到…」。

例文 a

夕（ゆう）ご飯（はん）の　時間（じかん）まで、今（いま）から　少（すこ）し　寝（ね）ます。

現在先睡一下，等吃晚飯的時候再起來。

◆ 比較說明 ◆

「だけ」表限定，用在限定的某範圍。後面接肯定、否定都可以，而且不一定有像「しか＋否定」含有不滿、遺憾的心情；「まで」表範圍終點，表示距離或時間的範圍終點。可以表示結束的時間、場所。也可以表示動作會持續進行到某時間點。

だけ【限定】

まで【範圍終點】

13 しか＋否定

(1) 僅僅；(2) 只

接續方法 {名詞（＋助詞）}＋しか～ない

意思 1

【程度】 強調數量少、程度輕。常帶有因不足而感到可惜、後悔或困擾的心情。中文意思是：「僅僅」。

例文 A

テストは　半分(はんぶん)しか　できませんでした。

考卷上的題目只答得出一半而已。

意思 2

【限定】「しか」下接否定，表示對「人、物、事」的限定。含有除此之外再也沒有別的了的意思。中文意思是：「只」。

例文 B

ラフマンさんは　野菜(やさい)しか　食(た)べません。

拉夫曼先生只吃蔬菜。

比較

だけ

只、僅僅

接續方法 {名詞（＋助詞）}＋だけ；{名詞；形容動詞詞幹な}＋だけ；{[形容詞・動詞] 普通形}＋だけ

意　思

【限定】 表示只限於某範圍，除此以外沒有別的了。中文意思是：「只、僅僅」。

例文 b

あの　人(ひと)は、顔(かお)が　きれいなだけです。

那個人的優點就只有長得漂亮。

◆ 比較說明 ◆

兩個文法意思都是「只有」，表限定。但「しか」後面一定要接否定形。「だけ」後面接肯定、否定都可以，而且不一定有像「しか＋否定」含有不滿、遺憾的心情。

しか＋否定【限定】

だけ【限定】

Track 044

14 ずつ
每、各

接續方法 {數量詞} ＋ずつ

意思1

【等量均攤】 接在數量詞後面，表示平均分配的數量。中文意思是：「每、各」。

例文A

空(そら)**が　少**(すこ)**しずつ　暗**(くら)**く　なって　きました。**

天色逐漸暗了下來。

比較

數量＋で＋數量
共…

接續方法 {數量詞} ＋で＋ {數量詞}

意　思

【數量總和】「で」的前後可接數量、金額、時間單位等。中文意思是：「數量＋で＋數量」。

例文 a

3本(さんぼん)で　100円(ひゃくえん)です。

三條總共一百日圓。

◆ **比較說明** ◆

「ずつ」表等量均攤，前接數量詞，表示數量是等量均攤，平均分配的；「で」表數量總和，前後可接數量、金額、時間單位等，表示總額的統計。

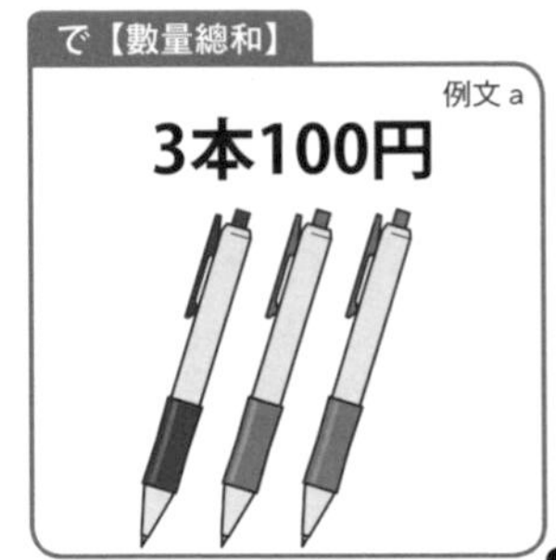

MEMO

4 実力テスト 做對了，往😊走，做錯了往✖走。

次の文の＿＿＿にはどんな言葉を入れたらよいか。1・2から最も適当なものをひとつ選びなさい。

實力測驗
Q 哪一個是正確的？

1
来週（らいしゅう）（　　）再来週（さいらいしゅう）、お金（かね）を返（かえ）すつもりです。

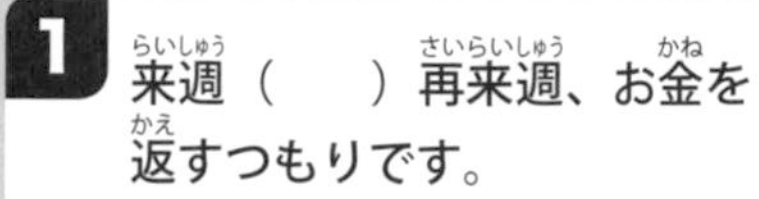

1. か　　2. も

譯
1. か：或者
2. も：也

2
この　スマホは　20万円（にじゅうまんえん）（　　）します。
1. ずつ　　2. も

譯
1. ずつ：各…
2. も：竟

3
あれは　自転車（じてんしゃ）の　かぎ（　　）ありません。
1. でも　　2. では

譯
1. でも：也
2. では：X

4
平野（ひらの）さんとは　会（あ）いましたが、山下（やました）さん（　　）会（あ）って　いません。
1. とは　　2. とも

譯
1. とは：跟
2. とも：也跟

5
花子（はなこ）（　　）が　来（き）ました。
1. しか　　2. だけ

譯
1. しか：只
2. だけ：只

6
明日（あした）、時間（じかん）が　ある（　　）ない（　　）まだ　わかりません。
1. か／か　　2. と／と

譯
1. か／か：…呢？還是…呢
2. と／と：和…和…

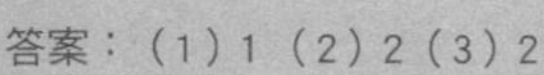
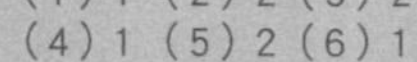

答案：（1）1（2）2（3）2
（4）1（5）2（6）1

Chapter

5 その他の助詞と接尾語の使用

★★★★★

Track 045

が

接續方法 {句子}＋が

意思 1

【前置詞】在向對方詢問、請求、命令之前，作為一種開場白使用。

例文 A

もしもし、高木（たかぎ）ですが、陳（チン）さんは　いますか。

喂，敝姓高木，請問陳小姐在嗎？

比較

けれど（も）、けど

雖然、可是、但…

接續方法 {[形容詞・形動容詞・動詞] 普通形（丁寧形）}＋けれど（も）、けど

意　思

【逆接】逆接用法。表示前項和後項的意思或內容是相反的、對比的。是「が」的口語説法。「けど」語氣上會比「けれど（も）」還來的隨便。中文意思是：「雖然、可是、但…」。

例文 a

病院（びょういん）に　行（い）きましたけれども、悪（わる）い　ところは　見（み）つかりませんでした。

我去了醫院一趟，不過沒有發現異狀。

◆ **比較說明** ◆

「が」表前置詞，表示為後句做鋪墊的開場白。「けれど（も）」表逆接，表示前後句的內容是對立的。

が【前置詞】

例文 A

けれど（も）【逆接】

例文 a

Track 046

2 が

但是…

接續方法 {名詞です（だ）；形容動詞詞幹だ；形容詞・動詞丁寧形（普通形）}＋が

意思 1

【逆接】 表示連接兩個對立的事物，前句跟後句內容是相對立的。中文意思是：「但是…」。

例文 A

外(そと)は　寒(さむ)いですが、家(いえ)の　中(なか)は　暖(あたた)かいです。

雖然外面很冷，但是家裡很溫暖。

比較

から

因為…

接續方法 {[形容詞・動詞] 普通形} ＋から；{名詞；形容動詞詞幹} ＋だから

意 思

【原因】 表示原因、理由。一般用於說話人出於個人主觀理由，進行請求、命令、希望、主張及推測，是種較強烈的意志性表達。中文意思是：「因為…」。

例文 a

忙(いそが)しいから、新聞(しんぶん)を　読(よ)みません。

因為很忙，所以不看報紙。

◆ **比較說明** ◆

「が」表逆接，「が」的前、後項是對立關係，屬於逆接的用法；但「から」表原因，表示因為前項而造成後項，前後是因果關係，屬於順接的用法。

Track 047

3 疑問詞＋が

接續方法 {疑問詞} ＋が

意思 1

【疑問詞主語】 當問句使用「だれ、どの、どこ、なに、どれ、いつ」等疑問詞作為主語時，主語後面會接「が」。

例文 A

右(みぎ)の　絵(え)と　左(ひだり)の　絵(え)は、どこが　違(ちが)いますか。

右邊的圖和左邊的圖有不一樣的地方嗎？

比較

疑問詞＋も＋否定（完全否定）

也（不）…

接續方法 {疑問詞}＋も＋～ません

意 思

【全面否定】「も」上接疑問詞，下接否定語，表示全面的否定。中文意思是：「也（不）…」。

例文 a

机(つくえ)の　上(うえ)には　何(なに)も　ありません。

桌上什麼東西都沒有。

◆ 比較說明 ◆

「疑問詞＋が」當問句使用疑問詞作為主語時，主語後面會接「が」，以構成疑問句中的主語。回答時主語也必須用「が」；「も」上接疑問詞，下接否定語，表示全面的否定。

疑問詞＋が【疑問詞主語】

例文 A

疑問詞＋も＋否定【全面否定】

例文 a

Track 048

4 疑問詞＋か

接續方法 {疑問詞}＋か

意思 1

【不明確】「か」前接「なに、いくつ、どこ、いつ、だれ、いくら、どれ」等疑問詞後面，表示不明確、不肯定，或沒必要說明的事物。

例文A

何か　食べませんか。

要不要吃點什麼？

比較

句子＋か

嗎、呢

接續方法 {句子}＋か

意　思

【疑問句】 接於句末，表示問別人自己想知道的事。中文意思是：「嗎、呢」。

例文 a

あなたは　学生ですか。

你是學生嗎？

◆ 比較說明 ◆

「疑問詞＋か」的前面接疑問詞，表示不明確、不肯定，沒有辦法具體說清楚，或沒必要說明的事物；「句子＋か」的前面接句子，表疑問句，表示懷疑或不確定。用在問別人自己想知道的事。

疑問詞＋か【不明確】

句子＋か【疑問句】

5 句子＋か
嗎、呢

接續方法 {句子}＋か

意思 1

【疑問句】接於句末，表示問別人自己想知道的事。中文意思是：「嗎、呢」。

例文 A

あなたは　アメリカ人（じん）ですか。

請問您是美國人嗎？

比較

句子＋よ
…喔、…喲、…啊

接續方法 {句子}＋よ

意 思

【注意等】請對方注意，或使對方接受自己的意見時，用來加強語氣。基本上使用在說話人認為對方不知道的事物，想引起對方注意。中文意思是：「…喔、…喲、…啊」。

例文 a

あ、危（あぶ）ない！車（くるま）が　来（き）ますよ！

啊！危險！車子來了喔！

◆ 比較說明 ◆

終助詞「か」表疑問句，表示懷疑或不確定，用在問別人自己想知道的事；終助詞「よ」表注意等，用在促使對方注意，或使對方接受自己的意見時。

か【疑問句】

例文 A

よ【注意等】

例文 a

Track 050

6 句子＋か、句子＋か

是…，還是…

接續方法 {句子}＋か、{句子}＋か

意思 1

【選擇性的疑問句】 表示讓聽話人從不確定的兩個事物中，選出一樣來。中文意思是：「是…，還是…」。

例文 A

明日(あした)は　暑(あつ)いですか、寒(さむ)いですか。

明天氣溫是熱還是冷呢？

比較

とか～とか

…啦…啦、…或…、及…

接續方法 {名詞；[形容詞・形容動詞・動詞]辭書形}＋とか＋{名詞；[形容詞・形容動詞・動詞]辭書形}＋とか

意　思

【列舉】「とか」上接同類型人事物的名詞之後，表示從各種同類的人事物中選出幾個例子來説，或羅列一些事物，暗示還有其它，是口語的説法。中文意思是：「…啦…啦、…或…、及…」。

例文 a

きれいだとか、かわいいとか、よく　言（い）われます。

常有人誇獎我真漂亮、真可愛之類的。

◆ **比較説明** ◆

「か～か」表選擇性的疑問句，會接句子，表示提供聽話人兩個方案，要他選出來；但「とか～とか」表列舉，接名詞、動詞基本形、形容詞或形容動詞，表示從眾多同類人事物中，舉出兩個來加以説明。

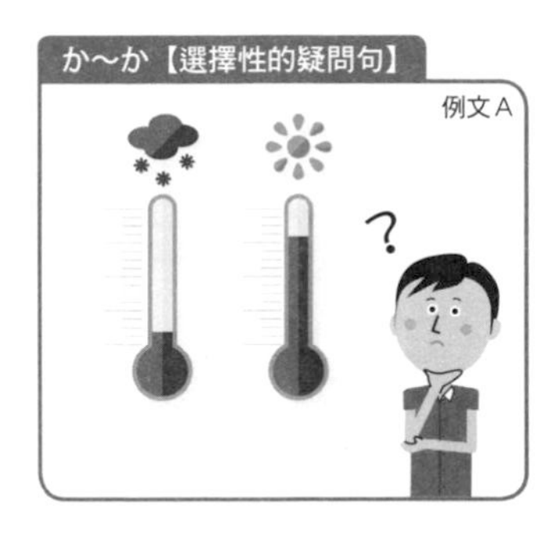

Track 051

7 句子＋ね

(1)…啊；(2)…吧；(3)…啊；(4)…都、…喔、…呀、…呢

接續方法 {句子}＋ね

意思 1

【感嘆】 表示輕微的感嘆。中文意思是：「…啊」。

例文 A

健（けん）ちゃんは　いつも　元気（げんき）ですね。

小健總是活力充沛啊。

意思 2

【確認】 表示跟對方做確認的語氣。中文意思是：「…吧」。

例文B

土曜日(どようび)、銀行(ぎんこう)は　休(やす)みですよね。

星期六，銀行不營業吧？

意思 3

【思索】 表示思考、盤算什麼的意思。中文意思是：「…啊」

例文C

「そうですね…。」

「這樣啊……。」

意思 4

【認同】 徵求對方的認同。中文意思是：「…都、…喔、…呀、…呢」。

例文D

疲(つか)れましたね。休(やす)みましょう。

累了吧，我們休息吧。

補　充

〔對方也知道〕 基本上使用在說話人認為對方也知道的事物。

例　文

だんだん　寒(さむ)く　なって　きましたね。

天氣越來越冷了。

比較

句子＋よ

…喔、…喲、…啊

接續方法 {句子}＋よ

意　思

【注意等】 請對方注意，或使對方接受自己的意見時，用來加強語氣。基本上使用在說話人認為對方不知道的事物，想引起對方注意。中文意思是：「…喔、…喲、…啊」。

例文 d

今日は　土曜日ですよ。

今天是星期六喔。

◆ **比較說明** ◆

終助詞「ね」表認同，主要是表示徵求對方的同意，也可以表示感動，而且使用在認為對方也知道的事物；終助詞「よ」則表注意等，表示將自己的意見或心情傳達給對方，使用在認為對方不知道的事物。

Track 052

8 句子＋よ

(1)…喲；(2)…喔、…喲、…啊

接續方法 {句子}＋よ

意思 1

【注意】 請對方注意。中文意思是：「…喲」。

例文 A

もう　8時ですよ。起きて　ください。

已經八點了喲，快起床！

意思 2

【肯定】 向對方表肯定、提醒、說明、解釋、勸誘及懇求等，用來加強語氣。中文意思是：「…喔、…喲、…啊」。

例文B

「お元気(げんき)ですか。」「ええ、私(わたし)は　元気(げんき)ですよ。」

「最近好嗎？」「嗯，我很好喔！」

補　充

〘**對方不知道**〙基本上使用在説話人認為對方不知道的事物，想引起對方注意。

例　文

この　店(みせ)の　パン、おいしいですよ。

這家店的麵包很好吃喔！

比較

句子＋の

…嗎

接續方法 {句子}＋の

意　思

【**疑問**】用在句尾，以升調表示發問，一般是用在對兒童，或關係比較親密的人，為口語用法。中文意思是：「…嗎」。

例文b

行(い)って　らっしゃい。何時(なんじ)に　帰(かえ)るの。

路上小心。什麼時候回來？

◆ 比較說明 ◆

「よ」表示注意及肯定。表示提醒、囑咐對方注意他不知道，或不瞭解的訊息，也表示肯定；「の」表示疑問，例如：「誰(だれ)が好(す)きなの／你喜歡誰呢？」。

Track 053

9 じゅう

(1)…內、整整；(2) 全…、…期間

接續方法 {名詞}＋じゅう

意思 1

【空間】 可用「空間＋中(じゅう)」的形式，接場所、範圍等名詞後，表示整個範圍內出現了某事，或存在某現象。中文意思是：「…內、整整」。

例文A

この 歌(うた)は 世界中(せかいじゅう)の 人(ひと)が 知(し)って います。

這首歌舉世聞名。

意思 2

【時間】 日語中有自己不能單獨使用，只能跟別的詞接在一起的詞，接在詞前的叫接頭語，接在詞尾的叫接尾語。「中(じゅう)」是接尾詞。接時間名詞後，用「**時間＋中(じゅう)**」的形式表示在此時間的「全部、從頭到尾」，一般寫假名。中文意思是：「全…、…期間」。

例文B

あの 子(こ)は 一日中(いちにちじゅう)、ゲームを して います。

這孩子從早到晚都在打電玩。

比較

ちゅう

…中、正在…、…期間

接續方法 {動作性名詞} ＋ちゅう

意 思

【正在繼續】「中」接在動作性名詞後面，表示此時此刻正在做某件事情。中文意思是：「…中、正在…、…期間」。

例文ｂ

沼田(ぬまた)さんは　ギターの　練習中(れんしゅうちゅう)です。

沼田先生現在正在練習彈吉他。

◆ 比較說明 ◆

「じゅう」表時間，表示整個時間段。期間內的某一時間點。整個區域、空間；「ちゅう」表正在繼續，表示動作或狀態正在持續中的整個過程。動作持續過程中的某一點。整個時間段。

じゅう【時間】

ちゅう【正在繼續】

Track 054

10 ちゅう

…中、正在…、…期間

接續方法 {動作性名詞} ＋ちゅう

意思１

【正在繼續】「中(ちゅう)」接在動作性名詞後面，表示此時此刻正在做某件事情，或某狀態正在持續中。前接的名詞通常是與某活動有關的詞。中文意思是：「…中、正在…、…期間」。

例文A

食事中(しょくじちゅう)に　携帯電話(けいたいでんわ)を　見(み)ないで　ください。

吃飯時請不要滑手機。

比較

動詞＋ています

正在…

接續方法 {動詞て形} ＋います

意　思

【動作的持續】 表示動作或事情的持續，也就是動作或事情正在進行中。中文意思是：「正在…」。

例文 a

伊藤(いとう)さんは　電話(でんわ)を　して　います。

伊藤先生在打電話。

◆ **比較說明** ◆

兩個文法都表示正在進行某個動作，但「ちゅう」表正在繼續，前面多半接名詞，接動詞的話要接連用形；而「ています」表動作的持續，前面要接動詞て形。

Track 055

ごろ
左右

接續方法 {名詞} ＋ごろ

意思 1

【時間】 表示大概的時間點，一般只接在年、月、日，和鐘點的詞後面。中文意思是：「左右」。

例文 A

この　山(やま)は、毎年(まいとし)　今(いま)ごろが　一番(いちばん)　きれいです。

這座山每年這個時候是最美的季節。

比較

ぐらい、くらい
大約、左右、上下

接續方法 {數量詞} ＋ぐらい、くらい

意 思

【時間】 用於對某段時間長度的推測、估計。中文意思是：「大約、左右、上下」。

例文 a

昨日(きのう)は　6時間(ろくじかん)ぐらい　寝(ね)ました。

昨天睡了 6 小時左右。

◆ 比較說明 ◆

表示時間的估計時，「ごろ」表時間，前面只能接某個特定的時間點；而「ぐらい」也表時間，前面可以接一段時間，或是某個時間點。前接時間點時，「ごろ」後面的「に」可以省略，但「ぐらい」後面的「に」一定要留著。

Track 056

12 すぎ、まえ

(1)…多；(2) 差…、…前；(3)…前、未滿…；(4) 過…

接續方法 {時間名詞} ＋すぎ、まえ

意思1

【年齡】 接尾詞「すぎ」，也可用在年齡，表示比那年齡稍長。中文意思是：「…多」。

例文A

30(さんじゅう)過(す)ぎの　黒(くろ)い　服(ふく)の　男(おとこ)を　見(み)ましたか。

你有沒有看到一個三十多歲、身穿黑衣服的男人？

意思2

【時間】 接尾詞「まえ」，接在表示時間名詞後面，表示那段時間之前。中文意思是：「差…、…前」。

例文B

2年前(にねんまえ)に　結婚(けっこん)しました。

我兩年前結婚了。

意思3

【年齡】 接尾詞「まえ」，也可用在年齡，表示還未到那年齡。中文意思是：「…前、未滿…」。

例文C

まだ　二十歳（はたち）まえの　子供（こども）が　二人（ふたり）います。

我有兩個還沒滿二十歲的小孩。

意思 4

【時間】 接尾詞「すぎ」，接在表示時間名詞後面，表示比那時間稍後。中文意思是：「過…」。

例文D

毎朝（まいあさ）　8時過（はちじす）ぎに　家（いえ）を　出（で）ます。

每天早上八點過後出門。

比較

● 時間＋に

在…

接續方法 {時間詞} ＋に

意 思

【時間】 寒暑假、幾點、星期幾、幾月幾號做什麼事等。表示動作、作用的時間就用「に」。中文意思是：「在…」。

例文d

夏休（なつやす）みに　旅行（りょこう）します。

暑假會去旅行。

◆ 比較說明 ◆

兩個都表時間。「すぎ、まえ」是名詞的接尾詞，表示在某個時間基準點的後或前；「時間＋に」的「に」是助詞，表時間，表示進行動作的某個時間點。

すぎ、まえ【時間】

に【時間】

Track 057

13 たち、がた、かた
…們

接續方法 {名詞}＋たち、がた、かた

意思1

【人的複數】 接尾詞「たち」接在「私」、「あなた」等人稱代名詞的後面，表示人的複數。但注意有「私たち」、「あなたたち」、「彼女たち」但無「彼たち」。中文意思是：「…們」。

例文A

私たちは　日本語学校の　生徒です。

我們是這所日語學校的學生。

補充1

〘更有禮貌－がた〙 接尾詞「方」也是表示人的複數的敬稱，說法更有禮貌。

例　文

あなた方は　台湾人ですか。

請問您們是台灣人嗎？

補充2

〘人→方〙「方」是對「人」表示敬意的說法。

例 文

あの　方(かた)は　大学(だいがく)の　先生(せんせい)です。

那一位是大學教授。

補充 3

〖人們→方々〗「方々(かたがた)」是對「人(ひと)たち」（人們）表示敬意的説法。

例 文

留学中(りゅうがくちゅう)は、たくさんの　方々(かたがた)に　お世話(せわ)に　なりました。

留學期間承蒙諸多人士的關照。

比較

● ら

…們；…些

接續方法 {名詞} ＋ら

意 思

【人或物的複數】 前接人物相關名詞或物品、事物相關名詞，表示複數。中文意思是：「…們；…些」

例文 a

これらは　私(わたし)のです。

這些是我的。

◆ 比較説明 ◆

「たち」前接人物或人稱代名詞，表示人物的複數；但要表示「彼」的複數，就要用「彼＋ら」的形式。「ら」前接人物或人稱代名詞，也表示人或物的複數，但説法比較隨便。「ら」也可以前接物品或事物名詞，表示複數。

Track 058

14 かた
…法、…樣子

接續方法 {動詞ます形}＋かた

意思1

【方法】 表示方法、手段、程度跟情況。中文意思是：「…法、…樣子」。

例文A

それは、あなたの　言(い)い方(かた)が　悪(わる)いですよ。

那該怪你措辭失當喔！

比較

● [方法・手段]＋で
用…

接續方法 {名詞}＋で

意 思

【手段】 表示動作的方法、手段。中文意思是：「用…」。

例文a

鉛筆(えんぴつ)で　絵(え)を　描(か)きます。

用鉛筆畫畫。

◆ 比較說明 ◆

「かた」前接動詞ます形，表示動作的方法、手段、程度跟情況；「[方法・手段]＋で」前接名詞，表示採用或通過什麼方法、手段來做後項，或達到目的。

かた【方法】

で【手段】

MEMO

5 実力テスト 做對了，往😊走，做錯了往✕走。

次の文の＿＿＿にはどんな言葉を入れたらよいか。1・2から最も適当なものをひとつ選びなさい。

實力測驗

Q 哪一個是正確的？

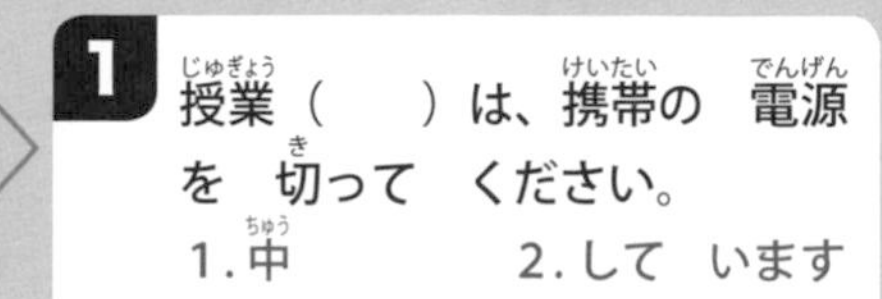

1 授業(じゅぎょう)（　　）は、携帯(けいたい)の　電源(でんげん)を　切(き)って　ください。

1. 中(ちゅう)　　2. して　います

譯

1. 中：…中、正在…
2. しています：正在…

2 野菜(やさい)は　嫌(きら)いです（　　）、肉(にく)は好(す)きです。

1. が　　2. で

譯

1. が：但是
2. で：因為

3 この　車(くるま)は、すてきです（　　）、あまり　高(たか)く　ありません。

1. が　　2. から

譯

1. が：但是
2. から：因為

4 忙(いそが)しい　毎日(まいにち)でしょう（　　）、どうぞ　お体(からだ)を　大切(たいせつ)に　してください。（致老師）

1. が　　2. けど

譯

1. が：雖然…
2. けど：雖然…

5 今日(きょう)は　水曜日(すいようび)じゃ　ありませんよ、木曜日(もくようび)です（　　）。

1. よ　　2. か

譯

1. よ：喔
2. か：嗎

6 パンの　作(つく)り（　　）を、おしえて　くださいませんか。

1. 中(ちゅう)　　2. 方(かた)

譯

1. 中：…中
2. 方：…法

答案：（1）1（2）1（3）1
（4）1（5）1（6）2

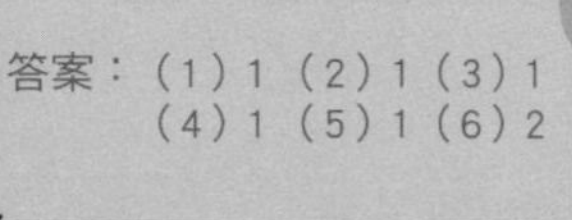

Chapter

6 疑問詞の使用

★★★★★

1 なに、なん
2 だれ、どなた
3 いつ
4 いくつ
5 いくら
6 どう、いかが
7 どんな
8 どのぐらい、どれぐらい
9 なぜ、どうして
10 なにも、だれも、どこへも
11 なにか、だれか、どこか
12 疑問詞＋も＋否定

Track 059

なに、なん

什麼

接續方法 なに、なん＋{助詞}

意思1

【問事物】「何（なに、なん）」代替名稱或情況不瞭解的事物，或用在詢問數字時。一般而言，表示「どんな（もの）」（什麼東西）時，讀作「なに」。中文意思是：「什麼」。

例文A

休(やす)みの　日(ひ)は　何(なに)を　しますか。

假日時通常做什麼？

補充1

〖唸作なん〗 表示「いくつ（多少）」時讀作「なん」。但是，「何(なん)だ」、「何(なん)の」一般要讀作「なん」。詢問理由時「何(なん)で」也讀作「なん」。

例　文

今(いま)、何時(なんじ)ですか。

現在幾點呢？

補充2

〖唸作なに〗 詢問道具時的「何(なに)で」跟「何(なに)に」、「何(なに)と」、「何(なに)か」兩種讀法都可以，但是「なに」語感較為鄭重，而「なん」語感較為粗魯。

例 文

「何(なに)で　行(い)きますか。」「タクシーで　行(い)きましょう。」

「要用什麼方式前往？」「搭計程車去吧！」

比較

なに＋か

某些、什麼

接續方法 なに＋か{不確定事物}

意 思

【不確定】 具有不確定，沒辦法具體說清楚之意的「か」，接在疑問詞「なに」的後面，表示不確定。中文意思是：「某些、什麼」。

例文 a

暑(あつ)いから、何(なに)か　飲(の)みましょう。

好熱喔，去喝點什麼吧！

◆ 比較說明 ◆

「なに」表示問事物。用來代替名稱或未知的事物，也用在詢問數字；「なに＋か（は、が、を）」表示不確定。不確定做什麼動作、有什麼東西、是誰或是什麼。「か」後續的助詞「は、が、を」可以省略。

なに【問事物】

なに＋か【不確定】

Track 060

2 だれ、どなた
誰；哪位…

接續方法 だれ、どなた＋{助詞}

意思 1

【問人】「だれ」不定稱是詢問人的詞。它相對於第一人稱，第二人稱和第三人稱。中文意思是：「誰」。

例文 A

あの　人（ひと）は　誰（だれ）ですか。

那個人是誰？

補 充

〖客氣－どなた〗「どなた」和「だれ」一樣是不定稱，但是比「だれ」説法還要客氣。中文意思是：「哪位…」。

例 文

あの　方（かた）は　どなたですか。

那一位該怎麼稱呼呢？

比較

• だれ＋か
某人

接續方法 だれ＋か＋{句子}

意 思

【問人】「だれ」不定稱是詢問人的詞。它相對於第一人稱，第二人稱和第三人稱。中文意思是：「某人」。

例文 a

誰（だれ）か　いませんか。

有人在嗎？

◆ **比較說明** ◆

兩個都表問人。「だれ」通常只出現在疑問句，用來詢問人物；「だれ＋か」則是代替某個不確定，或沒有特別指定的某人，而且不只能用在疑問句，也可能出現在肯定句等。

Track 061

3 いつ

何時、幾時

接續方法 いつ＋{疑問的表達方式}

意思1

【問時間】 表示不肯定的時間或疑問。中文意思是：「何時、幾時」。

例文A

あなたの　誕生日（たんじょうび）は　いつですか。

你生日是哪一天呢？

比較

いつ＋か

不知什麼時候

接續方法 いつ＋か＋{句子}

意　思

【問時間】 表示不肯定的時間或疑問。中文意思是：「不知什麼時候」。

例文 a

いつか　旅行（りょこう）に　行（い）きましょう。

找一天去旅行吧！

◆ **比較說明** ◆

兩個都表問時間。「いつ」通常只出現在疑問句，用來詢問時間；「いつ＋か」則是代替過去或未來某個不確定的時間，而且不只能用在疑問句，也可能出現在肯定句等。

Track 062

4 いくつ

(1) 幾歲；(2) 幾個、多少

接續方法 {名詞（＋助詞）}＋いくつ

意思 1

【問年齡】 也可以詢問年齡。中文意思是：「幾歲」。

例文 A

「美穂（みほ）ちゃん、いくつ。」「三（みっ）つ。」

「美穗小妹妹，妳幾歲？」「三歲！」

補 充

〘お＋いくつ〙「おいくつ」的「お」是敬語的接頭詞。

例 文

「お母様(かあさま)は　おいくつですか。」「母(はは)は　もう　９０(きゅうじゅう)です。」

「請問令堂貴庚呢？」「家母已經高齡九十了。」

意思２

【問個數】表示不確定的個數，只用在問小東西的時候。中文意思是：「幾個、多少」。

例文Ｂ

卵(たまご)は　いくつ　ありますか。

蛋有幾顆呢？

比較

いくら

多少

接續方法 ｛名詞（＋助詞）｝＋いくら

意 思

【問價格】表示不明確的數量，一般較常用在價格上。中文意思是：「多少」。

例文ｂ

この　本(ほん)は　いくらですか。

這本書多少錢？

◆ 比較說明 ◆

兩個文法都用來問數字問題，「いくつ」用在問東西的個數，大概就是英文的「how many」，也能用在問人的年齡；「いくら」可以問價格、時間、距離等數量，大概就是英文的「how much」，但不能拿來問年齡。

Track 063

5 いくら

(1) 多少；(2) 多少

接續方法 {名詞（＋助詞）}＋いくら

意思 1

【問數量】 表示不明確的數量、程度、工資、時間、距離等。中文意思是：「多少」。

例文A

東京(とうきょう)から　大阪(おおさか)まで　時間(じかん)は　いくら　かかりますか。

從東京到大阪要花多久時間呢？

意思 2

【問價格】 表示不明確的數量，一般較常用在價格上。中文意思是：「多少」。

例文B

空港(くうこう)まで　タクシーで　いくら　かかりますか。

請問搭計程車到機場的車資是多少呢？

比較

● どのぐらい、どれぐらい

多（久）…

接續方法 どのぐらい、どれぐらい＋{詢問的內容}

意 思

【問多久】 表示「多久」之意。但是也可以視句子的內容，翻譯成「多少、多少錢、多長、多遠」等。「ぐらい」也可換成「くらい」。中文意思是：「多（久）…」。

例文 b

春休みは　どのぐらい　ありますか。

春假有多長呢？

◆ **比較説明** ◆

「いくら」表問價格，可以表示詢問各種不明確的數量，但絕大部份用在問價錢，也表示程度；「どの（れ）ぐらい」表問多久，用在詢問數量及程度。另外，「いくら」表示程度時，不會用在疑問句。譬如，想問對方「你有多喜歡我」，可以説「私のこと、どのぐらい好き」，但沒有「私のこと、いくら好き」的説法。

Track 064

6 どう、いかが

(1) 怎樣；(2) 如何

接續方法 {名詞} +はどう（いかが）ですか

意思 1

【問狀況等】「どう」詢問對方的想法及對方的健康狀況，還有不知道情況是如何或該怎麼做等，「いかが」跟「どう」一樣，只是説法更有禮貌。中文意思是：「怎樣」。

例文A

「旅行(りょこう)は　どうでしたか。」「楽(たの)しかったです。」

「旅行玩得愉快嗎？」「非常愉快！」

意思2

【勸誘】 也表示勸誘。中文意思是：「如何」。

例文B

「コーヒーは　いかがですか。」「いただきます。」

「要不要喝咖啡？」「麻煩您了。」

比較

どんな

什麼樣的

接續方法 どんな＋{名詞}

意 思

【問事物內容】「どんな」後接名詞，用在詢問事物的種類、內容。中文意思是：「什麼樣的」。

例文b

どんな　車(くるま)が　ほしいですか。

你想要什麼樣的車子？

◆ 比較說明 ◆

「どう、いかが」表勸誘，主要用在問對方的想法、狀況、事情「怎麼樣」，或是勸勉誘導對方做某事；「どんな」則表問事物內容，是詢問人事物是屬於「什麼樣的」特質或種類。

どう、いかが【勸誘】

例文B

どんな【問事物內容】

例文b

Track 065

7 どんな
什麼樣的

接續方法 どんな＋{名詞}

意思1

【問事物內容】「どんな」後接名詞，用在詢問事物的種類、內容。中文意思是：「什麼樣的」。

例文A

どんな　仕事（しごと）が　したいですか。

您希望從事什麼樣的工作呢？

比較

どう
怎樣

接續方法 {名詞}＋はどう（いかが）ですか

意思

【問狀況】「どう」詢問對方的想法及對方的健康狀況，還有不知道情況是如何或該怎麼做等，也用在勸誘時。中文意思是：「怎樣」。

例文a

テストは　どうでしたか。

考試考得怎樣？

◆ 比較說明 ◆

「どんな」表問事物內容，後接名詞，用在詢問人物或事物的種類、內容、性質；「どう」表問狀況，用在詢問對方對某性質或狀態的想法、意願、意見及對方的健康狀況，還有不知道情況是如何或該怎麼做等。

どんな【問事物內容】

どう【問狀況】

Track 066

8 どのぐらい、どれぐらい

多（久）…

接續方法 どのぐらい、どれぐらい＋{詢問的內容}

意思 1

【問多久】 表示「多久」之意。但是也可以視句子的內容，翻譯成「多少、多少錢、多長、多遠」等。「ぐらい」也可換成「くらい」。中文意思是：「多（久）…」。

例文 A

仕事（しごと）は　あと　どれぐらい　かかりますか。

工作還要多久才能完成呢？

比較

どんな

什麼樣的

接續方法 どんな＋{名詞}

意思

【問事物內容】「どんな」後接名詞，用在詢問事物的種類、內容。中文意思是：「什麼樣的」。

例文 a

どんな　本(ほん)を　読(よ)みますか。

你看什麼樣的書？

◆ 比較説明 ◆

「どのぐらい」表問多久，後接疑問句，用在詢問數量，表示「多久、多少、多少錢、多長、多遠」之意；「どんな」表問事物內容，後接名詞，用在詢問人事物的種類、內容、性質或狀態。也用在指示物品是什麼種類。

どのぐらい【問多久】

どんな【問事物內容】

Track 067

9 なぜ、どうして

(1) 原因是…；(2) 為什麼

接續方法 なぜ、どうして＋{詢問的內容}

意思 1

【問理由】「なぜ」跟「どうして」一樣，都是詢問理由的疑問詞。中文意思是：「原因是…」。

例文 A

昨日(きのう)は　なぜ　来(こ)なかったんですか。

昨天為什麼沒來？

補 充

〘**口語ーなんで**〙口語常用「なんで」。

例 文

なんで　泣(な)いて　いるの。

為什麼在哭呢？

意思 2

【問理由】「どうして」表示詢問理由的疑問詞。中文意思是：「為什麼」。

例文 B

どうして　何(なに)も　食(た)べないんですか。

為什麼不吃不喝呢？

補 充

〘**後接のです**〙由於是詢問理由的副詞，因此常跟請求説明的「のだ、のです」一起使用。

例 文

どうして　この　窓(まど)が　開(あ)いて　いるのですか。

這扇窗為什麼是開著的呢？

比較

● どうやって～ますか

怎樣（地）

接續方法 どうやって＋{詢問的內容}

意 思

【方法】用於詢問做某事物的方法。中文意思是：「怎樣（地）」。

例文 b

どうやって　家(いえ)へ　帰(かえ)りますか。

你怎麼回家的？

◆ **比較說明** ◆

「なぜ」跟「どうして」一樣，後接疑問句，都是詢問理由的疑問詞；「どうやって」問方法。後接動詞疑問句，是用在詢問做某事的方法、方式的連語。

なぜ、どうして【問理由】

例文 B

どうやって【方法】

例文 b

Track 068

10 なにも、だれも、どこへも

也（不）…、都（不）…

接續方法 なにも、だれも、どこへも＋{否定表達方式}

意思 1

【全面否定】「も」上接「なに、だれ、どこへ」等疑問詞，下接否定語，表示全面的否定。中文意思是：「也（不）…、都（不）…」。

例文 A

時間（じかん）に　なりましたが、まだ　誰（だれ）も　来（き）ません。

約定的時間已經到了，然而誰也沒來。

比較

疑問詞＋が

接續方法 {疑問詞}＋が

意　思

【疑問詞主語】 當問句使用「どれ、いつ、どの人、だれ」等疑問詞作為主語時，主語後面會接「が」。

例文 a

どこが　痛(いた)いですか。

哪裡痛呢？

◆ **比較說明** ◆

「も」上接「なに、だれ、どこへ」等疑問詞，表示全面否定；「が」表示疑問詞的主語，疑問詞作為主語時，主語後面會接「が」。回答時主語也必須用「が」。

だれも【全面否定】

例文 A

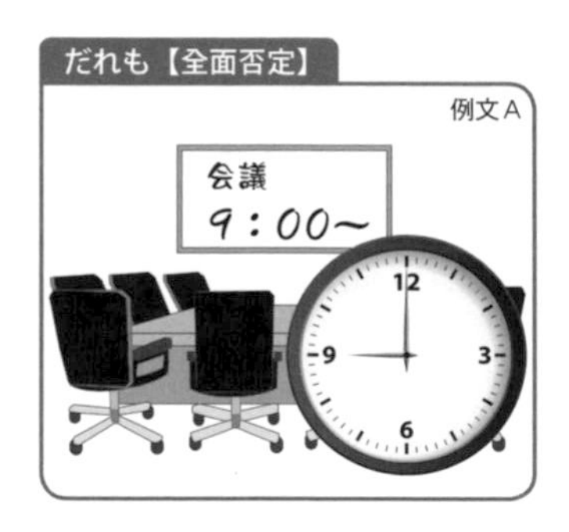

が【疑問詞主語】

例文 a

Track 069

11 なにか、だれか、どこか

(1) 某人；(2) 去某地方；(3) 某些、什麼

接續方法 なにか、だれか、どこか＋{不確定事物}

意思 1

【不確定是誰】 接在「だれ」的後面表示不確定是誰。中文意思是：「某人」。

例文 A

誰(だれ)か　助(たす)けて　ください。

快救救我啊！

意思 2

【不確定是何處】 接在「どこ」的後面表示不肯定的某處。中文意思是：「去某地方」。

例文B

携帯電話(けいたいでんわ)を　どこかに　置(お)いて　きて　しまいました。

忘記把手機放到哪裡去了。

意思3

【不確定】具有不確定，沒辦法具體説清楚之意的「か」，接在疑問詞「なに」的後面，表示不確定。中文意思是：「某些、什麼」。

例文C

「何(なに)か　食(た)べますか。」「いいえ、今(いま)は　けっこうです。」

「要不要吃點什麼？」「不了，現在不餓。」

比較

なにも、だれも、どこへも

也（不）…、都（不）…

接續方法 なにも、だれも、どこへも＋{否定表達方式}

意 思

【全面否定】「も」上接「なに、だれ、どこへ」等疑問詞，下接否定語，表示全面的否定。中文意思是：「也（不）…、都（不）…」。

例文c

何(なに)も　したく　ありません。

什麼也不想做。

◆比較説明◆

「か」上接「なに、だれ、どこ」等疑問詞，表示不確定。也就是不確定是誰、是什麼、有沒有東西、做不做動作等；「も」上接「なに、だれ、どこへ」等疑問詞，表示全面否定。

Track 070

12 疑問詞＋も＋否定

(1) 也（不）…；(2) 無論…都…

接續方法 {疑問詞}＋も＋～ません

意思 1

【全面否定】「も」上接疑問詞，下接否定語，表示全面的否定。中文意思是：「也（不）…」。

例文A

この　部屋(へや)には　誰(だれ)も　いません。

這個房間裡沒有人。

意思 2

【全面肯定】 若想表示全面肯定，則以「疑問詞＋も＋肯定」形式。中文意思是：「無論…都…」。

例文B

この　店(みせ)の　料理(りょうり)は　どれも　おいしいです。

這家餐廳的菜每一道都很好吃。

比較

● 疑問詞＋か

…嗎

接續方法 {疑問詞}＋か

意思

【不明確】「か」前接「なに、いつ、いくつ、いくら、どれ」等疑問詞後面，表示不明確、不肯定，或沒必要説明的事物。中文意思是：「…嗎」。

例文 b

いつか　一緒(いっしょ)に　行(い)きましょう。

找一天一起去吧。

◆ **比較說明** ◆

「疑問詞＋も＋否定」上接疑問詞，表示全面的肯定或否定；「疑問詞＋か」上接疑問詞，表示不明確、不肯定，沒有辦法具體説清楚，或沒必要説明的事物。

MEMO

6 実力テスト 做對了，往😊走，做錯了往✖走。

次の文の＿＿＿にはどんな言葉を入れたらよいか。1・2から最も適当なものをひとつ選びなさい。

實力測驗

Q 哪一個是正確的？

1

明日(あした)は（　　）曜日(ようび)ですか。

1. 何(なん)　　2. 何(なに)か

譯

1. 何：什麼
2. 何か：某個東西

2

クラスの　中(なか)で（　　）が　一番(いちばん)　歌(うた)が　うまいですか。

1. 誰(だれ)か　　2. 誰(だれ)

譯

1. 誰か：某人
2. 誰：誰

3

（　　）から　日本語(にほんご)を　勉強(べんきょう)して　いますか。

1. いつ　　2. いつか

譯

1. いつ：什麼時候
2. いつか：總有一天

4

あそこで（　　）光(ひか)って　います。

1. 何(なに)が　　2. 何(なに)か

譯

1. 何が：有什麼…
2. 何か：有什麼…

5

この　絵(え)は（　　）描(か)きましたか。

1. 誰(だれ)か　　2. 誰(だれ)が

譯

1. 誰か：某人
2. 誰が：誰

6

（　　）花(はな)が　好(す)きですか。

1. どんな　　2. どれ

譯

1. どんな：什麼樣的
2. どれ：哪個

答案：（1）1（2）2（3）1（4）2（5）2（6）1

Chapter

7 指示詞の使用

★★★★★

1 これ、それ、あれ、どれ
2 この、その、あの、どの
3 ここ、そこ、あそこ、どこ
4 こちら、そちら、あちら、どちら

Track 071

1 これ、それ、あれ、どれ

(1) 這個；(2) 那個；(3) 那個；(4) 哪個

意思 1

【事物－近稱】 這一組是事物指示代名詞。「これ」(這個) 指離説話者近的事物。中文意思是：「這個」。

例文 A

これは　あなたの　本(ほん)ですか。

這是你的書嗎？

意思 2

【事物－中稱】「それ」(那個) 指離聽話者近的事物。中文意思是：「那個」。

例文 B

それは　平野(ひらの)さんの　本(ほん)です。

那是平野先生的書。

意思 3

【事物－遠稱】「あれ」(那個) 指説話者、聽話者範圍以外的事物。中文意思是：「那個」。

例文 C

「あれは　何(なん)ですか。」「あれは　大使館(たいしかん)です。」

「那是什麼地方呢？」「那是大使館。」

意思 4

【事物－不定稱】「どれ」（哪個）表示事物的不確定和疑問。中文意思是：「哪個」。

例文 D

「あなたの　鞄(かばん)は　どれですか。」「その　黒(くろ)いのです。」

「您的公事包是哪一個？」「黑色的那個。」

比較

● この、その、あの、どの

(1) 這…；(2) 那…；(3) 那…；(4) 哪…

接續方法 この、その、あの、どの＋{名詞}

意 思

❶**【連體詞－近稱】** 這一組是指示連體詞。連體詞跟事物指示代名詞的不同在，後面必須接名詞。「この」（這…）指離說話者近的事物。中文意思是：「這…」。

❷**【連體詞－中稱】**「その」（那…）指離聽話者近的事物。中文意思是：「那…」。

❸**【連體詞－遠稱】**「あの」（那…）指說話者及聽話者範圍以外的事物。中文意思是：「那…」。

❹**【連體詞－不定稱】**「どの」（哪…）表示事物的疑問和不確定。中文意思是：「哪…」。

例文 a

この　家(いえ)は　とても　きれいです。

這個家非常漂亮。

◆ 比較說明 ◆

「これ、それ、あれ、どれ」表事物，用來代替某個事物；「この、その、あの、どの」表連體詞，是指示連體詞，後面一定要接名詞，才能代替提到的人事物。

Track 072

2 この、その、あの、どの

(1) 這…；(2) 那…；(3) 那…；(4) 哪…

接續方法 この、その、あの、どの＋{名詞}

意思1

【連體詞－近稱】 這一組是指示連體詞。連體詞跟事物指示代名詞的不同在，後面必須接名詞。「この」(這…) 指離說話者近的事物。中文意思是：「這…」。

例文A

この　お菓子(かし)は　おいしいです。

這種糕餅很好吃。

意思2

【連體詞－中稱】「その」(那…) 指離聽話者近的事物。中文意思是：「那…」。

例文B

その　本(ほん)を　見(み)せて　ください。

請讓我看那本書。

意思3

【連體詞－遠稱】「あの」(那…) 指說話者及聽話者範圍以外的事物。中文意思是：「那…」。

例文C

あの　建物(たてもの)は　何(なん)ですか。

那棟建築物是什麼？

意思 4

【連體詞－不定稱】「どの」(哪…) 表示事物的疑問和不確定。中文意思是：「哪…」。

例文D

どの　席(せき)が　いいですか。

該坐在哪裡才好呢？

比較

● こんな

這樣的、這麼的、如此的

接續方法 こんな＋{名詞}

意 思

【程度】 間接地在講人事物的狀態或程度，而這個事物是靠近說話人的，也可能是剛提及的話題或剛發生的事，是連體詞。中文意思是：「這樣的、這麼的、如此的」。

例文 a

こんな　大(おお)きな　木(き)は　見(み)たことが　ない。

沒看過如此大的樹木。

◆ 比較說明 ◆

「この、その、あの、どの」是指示連體詞，後面必須接名詞，指示特定的人事物；「こんな」是程度連體詞，後面也必須接名詞，表示人事物的狀態、程度或指示人事物的種類。

Track 073

3 ここ、そこ、あそこ、どこ

(1) 這裡；(2) 那裡；(3) 那裡；(4) 哪裡

意思 1

【場所－近稱】 這一組是場所指示代名詞。「ここ」指離說話者近的場所。中文意思是：「這裡」。

例文 A

どうぞ、ここに　座（すわ）って　ください。

請坐在這裡。

意思 2

【場所－中稱】「そこ」指離聽話者近的場所。中文意思是：「那裡」。

例文 B

お皿（さら）は　そこに　置（お）いて　ください。

盤子請擺在那邊。

意思 3

【場所－遠稱】「あそこ」指離說話者和聽話者都遠的場所。中文意思是：「那裡」。

例文C

出口(でぐち)は　あそこです。

出口在那邊。

意思 4

【場所－不定稱】「どこ」表示場所的疑問和不確定。中文意思是：「哪裡」。

例文D

エレベーターは　どこですか。

請問電梯在哪裡？

比較

● こちら、そちら、あちら、どちら

(1) 這邊、這位；(2) 那邊、那位；(3) 那邊、那位；(4) 哪邊、哪位

意 思

❶**【方向－近稱】** 這一組是方向指示代名詞。「こちら」(這邊)指離說話者近的方向。也可以用來指人，指「這位」。也可以說成「こっち」，只是前面說法比較有禮貌。中文意思是：「這邊、這位」。

❷**【方向－中稱】**「そちら」(那邊)指離聽話者近的方向。也可以用來指人，指「那位」。也可以說成「そっち」，只是前面說法比較有禮貌。中文意思是：「那邊、那位」。

❸**【方向－遠稱】**「あちら」(那邊)指離說話者和聽話者都遠的方向。也可以用來指人，指「那位」。也可以說成「あっち」，只是前面說法比較有禮貌。中文意思是：「那邊、那位」。

❹**【方向－不定稱】**「どちら」(哪邊)表示方向的不確定和疑問。也可以用來指人，指「哪位」。也可以說成「どっち」，只是前面說法比較有禮貌。中文意思是：「哪邊、哪位」。

例文d

あなたは　どちらの　お国(くに)の　方(かた)ですか。

您是哪個國家的人？

◆ **比較說明** ◆

「どこ」跟「どちら」都可以用來指場所、方向及位置，但「どちら」的語氣比較委婉、謹慎。後者還可以指示物品、人物、國家、公司、商店等。

Track 074

4 こちら、そちら、あちら、どちら

(1) 這邊、這位；(2) 那邊、那位；(3) 那邊、那位；(4) 哪邊、哪位

意思 1

【方向－近稱】 這一組是方向指示代名詞。「こちら」指離說話者近的方向。也可以用來指人，指「這位」。也可以說成「こっち」，只是前面說法比較有禮貌。中文意思是：「這邊、這位」。

例文 A

こちらは　田中先生(たなかせんせい)です。

這一位是田中老師。

意思 2

【方向－中稱】「そちら」指離聽話者近的方向。也可以用來指人，指「那位」。也可以說成「そっち」，只是前面說法比較有禮貌。中文意思是：「那邊、那位」。

例文B

そちらの　椅子に　お座りください。

請坐在這張椅子上。

意思 3

【方向－遠稱】「あちら」指離說話者和聽話者都遠的方向。也可以用來指人，指「那位」。也可以說成「あっち」，只是前面說法比較有禮貌。中文意思是：「那邊、那位」。

例文C

あちらを　ご覧ください。

請看一下那邊。

意思 4

【方向－不定稱】「どちら」表示方向的不確定和疑問。也可以用來指人，指「哪位」。也可以說成「どっち」，只是前面說法比較有禮貌。中文意思是：「哪邊、哪位」。

例文D

お国は　どちらですか。

請問您來自哪個國家呢？

比較

この方、その方、あの方、どの方

這位；那位；那位；哪位

意思

【指示特定人物】是「この人、その人、あの人、どの人」的尊敬語，兩者意思完全相同。中文意思示：「這位；那位；那位；哪位」。

例文a

この　方は　校長先生です。

這位是校長。

◆ **比較說明** ◆

「こちら、そちら、あちら、どちら」是方向指示代名詞。也可以用來指人，指第三人稱的「這位」等；「この方、その方、あの方、どの方」是尊敬語，指示特定的人物。也是指第三人稱的人。但「こちら」可以指「我，我們」，「この方」就沒有這個意思。「こちら」等可以接「さま」，「この方」等就不可以。

MEMO

7 実力テスト 做對了，往😊走，做錯了往✖走。

次の文の＿＿＿にはどんな言葉を入れたらよいか。1·2から最も適当なものをひとつ選びなさい。

實力測驗
Q 哪一個是正確的？

1

私（わたし）が　買（か）ったのは（　　）です。

1. これ　　2. この

譯

1. これ：這個
2. この：這…

2

（　　）へ　どうぞ。

1. ここ　　2. こちら

譯

1. ここ：這裡
2. こちら：這邊

3

（　　）いすは、あなたのですか。

1. この　　2. どこ

譯

1. この：這…
2. どこ：哪裡

4

受付（うけつけ）は（　　）ですか。

1. どちら　　2. どの

譯

1. どちら：哪邊
2. どの：哪…

5

（　　）を　ください。

1. あれ　　2. この

譯

1. あれ：那個
2. この：這…

6

すみませんが、（　　）を　とって　ください。

1. その　　2. それ

譯

1. その：那…
2. それ：那個

答案：（1）1（2）2（3）1

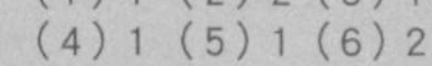

（4）1（5）1（6）2

Chapter

8 形容詞と形容動詞の表現

★★★★★

Track 075

形容詞(現在肯定／現在否定)

意思 1

【現在否定】｛形容詞詞幹｝＋く＋ない（ありません）。形容詞的否定形，是將詞尾「い」轉變成「く」，然後再加上「ない（です）」或「ありません」。

例文 A

川(かわ)の　水(みず)は　冷(つめ)たく　ないです。

河水並不冰涼。

意思 2

【未來】 現在形也含有未來的意思。

例文 B

明日(あす)は　暑(あつ)く　なるでしょう。

明天有可能會變熱。

意思 3

【現在肯定】｛形容詞詞幹｝＋い。形容詞是說明客觀事物的性質、狀態或主觀感情、感覺的詞。形容詞的詞尾是「い」，「い」的前面是語幹，因此又稱作「い形容詞」。形容詞現在肯定形，表示事物目前性質、狀態等。

例文C

今年(ことし)の　夏(なつ)は　暑(あつ)いです。

今年夏天很熱。

比較

形容動詞（現在肯定／現在否定）

意 思

❶【現在肯定】｛形容動詞詞幹｝＋だ；｛形容動詞詞幹｝＋な＋｛名詞｝。形容動詞是説明事物性質與狀態等的詞。形容動詞的詞尾是「だ」,「だ」前面是語幹。後接名詞時，詞尾會變成「な」，所以形容動詞又稱作「な形容詞」。形容動詞當述語（表示主語狀態等語詞）時，詞尾「だ」改「です」是敬體説法。

❷【疑問】｛形容動詞詞幹｝＋です＋か。詞尾「です」加上「か」就是疑問詞。

❸【現在否定】｛形容動詞詞幹｝＋で＋は＋ない（ありません）。形容動詞的否定形，是把詞尾「だ」變成「で」，然後中間插入「は」，最後加上「ない」或「ありません」。

❹【未來】 現在形也含有未來的意思，例如：鎌倉(かまくら)は夏(なつ)になると、にぎやかだ。（鎌倉一到夏天就很熱鬧。）

例文c

花子(はなこ)の　部屋(へや)は　きれいです。

花子的房間整潔乾淨。

◆ 比較説明 ◆

形容詞現在肯定式是「**形容詞い**」，用在對目前事物的性質、狀態進行説明。形容詞現在否定是「**形容詞い→形容詞くないです（くありません）**」；形容動詞現在肯定式是「**形容動詞だ**」，用在對目前事物的性質、狀態進行説明。形容動詞現在否定是「**形容動詞だ→形容動詞ではない（ではありません）**」。

Track 076

2 形容詞（過去肯定／過去否定）

意思 1

【過去肯定】｛形容詞詞幹｝＋かっ＋た。形容詞的過去形，表示說明過去的客觀事物的性質、狀態，以及過去的感覺、感情。形容詞的過去肯定，是將詞尾「い」改成「かっ」再加上「た」，用敬體時「かった」後面要再接「です」。

例文 A

ごちそうさまでした。おいしかったです。

謝謝招待，非常好吃！

意思 2

【過去否定】｛形容詞詞幹｝＋く＋ありませんでした。形容詞的過去否定，是將詞尾「い」改成「く」，再加上「ありませんでした」。

例文 B

パーティーは　あまり　楽（たの）しく　ありませんでした。

那場派對不怎麼有意思。

補 充

〖くなかった〗｛形容詞詞幹｝＋く＋なかっ＋た。也可以將現在否定式的「ない」改成「なかっ」，然後加上「た」。

例文

コーヒーは　甘(あま)く　なかったです。

那杯咖啡並不甜。

比較

形容動詞（過去肯定／過去否定）

意思

❶【過去肯定】｛形容動詞詞幹｝＋だっ＋た。形容動詞的過去形，表示說明過去的客觀事物的性質、狀態，以及過去的感覺、感情。形容動詞的過去形是將現在肯定詞尾「だ」變成「だっ」再加上「た」，敬體是將詞尾「だ」改成「でし」再加上「た」。

❷【過去否定】｛形容動詞詞幹｝＋ではありません＋でした。形容動詞過去否定形，是將現在否定的「ではありません」後接「でした」。

❸〖詞幹ではなかった〗｛形容動詞詞幹｝＋では＋なかっ＋た。也可以將現在否定的「ない」改成「なかっ」，再加上「た」。

例文 a

彼女(かのじょ)は　昔(むかし)から　きれいでした。

她以前就很漂亮。

◆ 比較說明 ◆

形容詞過去肯定式是「形容詞い→形容詞かった」，用在對過去事物的性質、狀態進行說明。形容詞過去否定是「形容詞い→形容詞くなかった（くありませんでした）」；形容動詞過去肯定式是「形容動詞だ→形容動詞だった」，用在對過去事物的性質、狀態進行說明。形容動詞過去否定是「形容動詞だ→形容動詞ではなかった（ではありませんでした）」。

Track 077

3 形容詞く＋て

(1)…然後；(2) 又…又…；(3) 因為…

接續方法 {形容詞詞幹}＋く＋て

意思 1

【停頓】 形容詞詞尾「い」改成「く」，再接上「て」，表示句子還沒説完到此暫時停頓。中文意思是：「…然後」。

例文A

彼女(かのじょ)は　美(うつく)しくて　髪(かみ)が　長(なが)いです。

她很美，然後頭髮是長的。

意思 2

【並列】 表示兩種屬性的並列（連接形容詞或形容動詞時）。中文意思是：「又…又…」。

例文B

この　部屋(へや)は　広(ひろ)くて　明(あか)るいです。

這個房間既寬敞又明亮。

意思 3

【原因】 表示理由、原因之意，但其因果關係比「から」、「ので」還弱。中文意思是：「因為…」。

例文C

暑（あつ）くて、気分（きぶん）が　悪（わる）いです。

太熱了，身體不舒服。

比較

形容動詞で

…然後；又…又…

接續方法 {形容動詞詞幹}＋で

意 思

【原因】表示理由、原因之意，但其因果關係比「から」、「ので」還弱。中文意思是：「…然後；又…又…」。

例文c

ここは　静（しず）かで、勉強（べんきょう）し　やすいです。

這裡很安靜，很適合看書學習！

◆比較說明◆

這兩個文法重點是在形容詞與形容動詞的活用變化。簡單整理一下，句子的中間停頓形式是「形容詞詞幹＋くて」、「形容動詞詞幹＋で」（表示句子到此停頓、並列；理由、原因）。請注意，「きれい（漂亮）、嫌（きら）い（討厭）」是形容動詞，所以中間停頓形式是「きれいで」、「嫌（きら）いで」喔！

形容詞く＋て【原因等】

例文C

形容動詞で【原因等】

例文c

Track 078

4 形容詞く＋動詞

…地

接續方法 {形容詞詞幹}＋く＋{動詞}

意思１

【狀態】 形容詞詞尾「い」改成「く」，可以修飾句子裡的動詞，表示狀態。中文意思是：「…地」。

例文Ａ

野菜（やさい）を　小（ちい）さく　切（き）ります。

把蔬菜切成細丁。

比較

● 形容詞く＋て

…然後；又…又…

接續方法 {形容詞詞幹}＋く＋て

意　思

【停頓、並列】 形容詞詞尾「い」改成「く」，再接上「て」，表示句子還沒說完到此暫時停頓或屬性的並列（連接形容詞或形容動詞時）。中文意思是：「…然後；又…又…」。

例文ａ

教室（きょうしつ）は　明（あか）るくて　きれいです。

教室又明亮又乾淨。

◆ 比較說明 ◆

形容詞修飾動詞用「**形容詞く＋動詞**」的形式，表示狀態；「**形容詞く＋て**」表示停頓，也表示並列。

形容詞く＋動詞【狀態】

形容詞く＋て【停頓、並列】

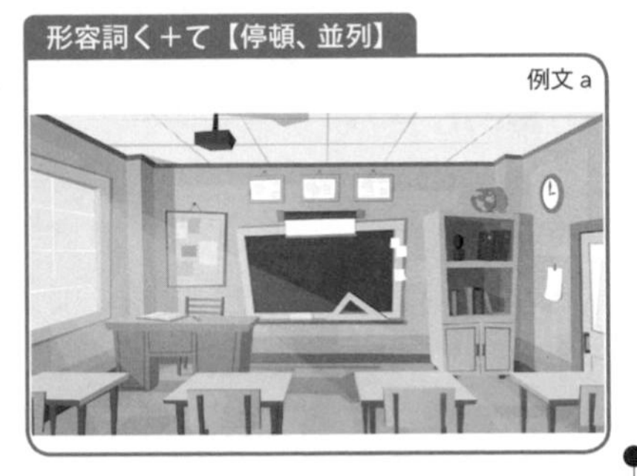

Track 079

5 形容詞＋名詞

(1)「這…」等；(2)…的…

接續方法 {形容詞基本形}＋{名詞}

意思1

【連體詞修飾名詞】 還有一個修飾名詞的連體詞，可以一起記住，連體詞沒有活用，數量不多。N5 程度只要記住「この、その、あの、どの、大（おお）きな、小（ちい）さな」這幾個字就可以了。中文意思是：「這…」等。

例文A

公園（こうえん）に　大（おお）きな　犬（いぬ）が　います。

公園裡有頭大狗。

意思2

【修飾名詞】 形容詞要修飾名詞，就是把名詞直接放在形容詞後面。注意喔！因為日語形容詞本身就有「…的」之意，所以不要再加「の」了喔。中文意思是：「…的…」。

例文B

赤（あか）い　鞄（かばん）を　買（か）いました。

買了紅色包包。

比較

名詞＋の

…的…

接續方法 {名詞}＋の

意 思

【名詞修飾主語】在「私(わたし)が　作(つく)った　歌(うた)」這種修飾名詞（「歌」）句節裡，可以用「の」代替「が」，成為「私(わたし)の　作(つく)った　歌(うた)」。那是因為這種修飾名詞的句節中的「の」，跟「私(わたし)の　歌(うた)」中的「の」有著類似的性質。中文意思是：「…的…」。

例文 b

友達(ともだち)の　撮(と)った　写真(しゃしん)です。

這是朋友照的相片。

◆ 比較說明 ◆

「形容詞＋名詞」表示修飾、限定名詞。請注意，形容詞跟名詞中間不需要加「の」喔；「名詞＋の」表示限定、修飾或所屬。

形容詞＋名詞【修飾名詞】

例文 B

名詞＋の【名詞修飾主語】

例文 b

Track 080

6 形容詞＋の

…的

接續方法 {形容詞基本形}＋の

意思1

【修飾の】形容詞後面接的「の」是一個代替名詞，代替句中前面已出現過，或是無須解釋就明白的名詞。中文意思是：「…的」。

例文A

私(わたし)は　冷(つめ)たいのが　いいです。

我想要冰的。

比較

名詞＋な

接續方法 {名詞}＋な

意　思

【後續助詞】表示可後續各種助詞。

例文a

明日(あした)は　休(やす)みなの。

你明天休假嗎？。

◆ 比較說明 ◆

「形容詞＋の」這裡的形容詞修飾的「の」表示名詞的代用；「名詞＋な」表示後續部分助詞。

形容詞＋の【修飾の】

例文A

名詞＋な【後續助詞】

例文a

 Track 081

7 形容動詞（現在肯定／現在否定）

意思 1

【現在肯定】｛形容動詞詞幹｝＋だ；｛形容動詞詞幹｝＋な＋｛名詞｝。形容動詞是說明事物性質與狀態等的詞。形容動詞的詞尾是「だ」，「だ」前面是語幹。後接名詞時，詞尾會變成「な」，所以形容動詞又稱作「な形容詞」。形容動詞當述語（表示主語狀態等語詞）時，詞尾「だ」改「です」是敬體說法。

例文 A

吉田（よしだ）さんは　とても　親切（しんせつ）です。

吉田先生非常親切。

意思 2

【現在否定】｛形容動詞詞幹｝＋で＋は＋ない（ありません）。形容動詞的否定形，是把詞尾「だ」變成「で」，然後中間插入「は」，最後加上「ない」或「ありません」。

例文 B

この　仕事（しごと）は　簡単（かんたん）では　ありません。

這項工作並不容易。

意思 3

【疑問】｛形容動詞詞幹｝＋です＋か。詞尾「です」加上「か」就是疑問詞。

例文 C

皆（みな）さん、お元気（げんき）ですか。

大家好嗎？

意思 4

【未來】現在形也含有未來的意思。

例文D

今度(こんど)の　日曜日(にちようび)は　暇(ひま)です。

下週日有空。

比較

動詞（現在肯定／現在否定）

（1）做…；（2）沒…、不…

意 思

❶【現在肯定】｛動詞ます形｝＋ます。表示人或事物的存在、動作、行為和作用的詞叫動詞。動詞現在肯定形敬體用「ます」。中文意思是：「做…」。

❷【現在否定】｛動詞ます形｝＋ません。動詞現在否定形敬體用「ません」。中文意思是：「沒…、不…」。

❸【未來】 現在形也含有未來的意思，例如：「来週(らいしゅう)日本(にほん)に行(い)く／下週去日本。」、「毎日(まいにち)牛乳(ぎゅうにゅう)を飲(の)む／每天喝牛奶。」

例文b

英語(えいご)は　できません。

不懂英文。

◆ 比較說明 ◆

形容動詞現在肯定「形容動詞～です」表示對狀態的説明。形容動詞現在否定是「形容動詞～ではないです / ではありません」；動詞現在肯定「動詞～ます」，表示人或事物現在的存在、動作、行為和作用。動詞現在否定是「動詞～ません」。

形容動詞【現在否定／否定】

例文B

動詞【現在否定／否定】

例文b

8 形容動詞（過去肯定／過去否定）

意思1

【過去肯定】{形容動詞詞幹}＋だっ＋た。形容動詞的過去形，表示説明過去的客觀事物的性質、狀態，以及過去的感覺、感情。形容動詞的過去形是將現在肯定詞尾「だ」變成「だっ」再加上「た」，敬體是將詞尾「だ」改成「でし」再加上「た」。

例文A

子供（こども）の　ころ、電車（でんしゃ）が　大好（だいす）きでした。

我小時候非常喜歡電車。

意思2

【過去否定】{形容動詞詞幹}＋ではありません＋でした。形容動詞過去否定形，是將現在否定的「ではありません」後接「でした」。

例文B

妹（いもうと）は　小（ち）さい　ころ、体（からだ）が　丈夫（じょうぶ）では　ありませんでした。

妹妹小時候身體並不好。

補充

〖詞幹ではなかった〗{形容動詞詞幹}＋では＋なかっ＋た。也可以將現在否定的「ない」改成「なかっ」，再加上「た」。

例文

村（むら）の　生活（せいかつ）は、便利（べんり）では　なかったです。

當時村子裡的生活並不方便。

動詞（過去肯定／過去否定）

(1)…了；(2)（過去）不…

意思

❶【過去肯定】{動詞ます形}＋ました。動詞過去形表示人或事物過去的存在、動作、行為和作用。動詞過去肯定形敬體用「ました」。中文意思是：「…了」。

❷【過去否定】{動詞ます形}＋ませんでした。動詞過去否定形敬體用「ませんでした」。中文意思是：「（過去）不…」。

例文b

今日（きょう）の　仕事（しごと）は　終（お）わりませんでした。

今天的工作並沒有做完。

◆ 比較說明 ◆

形容動詞過去肯定式是「**形容動詞だ→形容動詞だった**」，用在對過去事物的性質、狀態進行說明。形容動詞過去否定是「**形容動詞だ→形容動詞ではなかった（ではありませんでした）**」；動詞過去肯定「**動詞～ました**」，表示人或事物過去進行的動作或發生的動作。動詞過去否定是「**動詞～ませんでした**」。

形容動詞【過去肯定／否定】

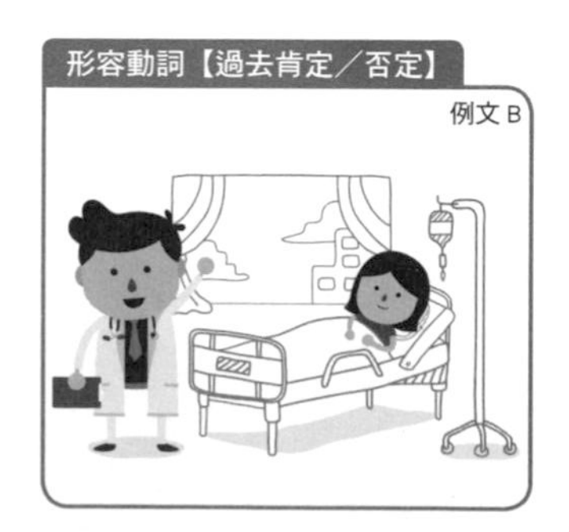

動詞【過去肯定／否定】

Track 083

9 形容動詞で

(1)…然後；(2) 又…又…；(3) 因為…

接續方法 {形容動詞詞幹} ＋で

意思 1

【停頓】 形容動詞詞尾「だ」改成「で」，表示句子還沒説完到此暫時停頓。中文意思是：「…然後」。

例文 A

ここは　静(しず)かで　駅(えき)に　遠(とお)いです。

這裡很安靜，然後離車站很遠。

意思 2

【並列】 表示兩種屬性的並列（連接形容詞或形容動詞時）之意。中文意思是：「又…又…」。

例文 B

この　カメラは　簡単(かんたん)で　便利(べんり)です。

這款相機操作起來簡單又方便。

意思 3

【原因】 表示理由、原因之意，但其因果關係比「から」、「ので」還弱。中文意思是：「因為…」。

例文 C

あなたの　家(いえ)は　いつも　にぎやかで、いいですね。

你家總是熱熱鬧鬧的，好羨慕喔！

比較

- **理由＋で**

  因為…

接續方法 {名詞} ＋で

意 思

【理由】「で」的前項為後項結果的原因、理由。中文意思是：「因為…」。

例文 c

風(かぜ)で　窓(まど)が　開(あ)きました。

窗戶被風吹開了。

◆ 比較說明 ◆

形容動詞詞尾「だ」改成「で」可以表示理由、原因，但因果關係比較弱；「で」前接表示事情的名詞，用那個名詞來表示後項結果的理由、原因。是簡單明白地敘述客觀的原因，因果關係比較單純。

形容動詞で【原因】

で【理由】

Track 084

10 形容動詞に＋動詞

…得

接續方法 {形容動詞詞幹}＋に＋{動詞}

意思 1

【修飾動詞】形容動詞詞尾「だ」改成「に」，可以修飾句子裡的動詞。中文意思是：「…得」。

例文 A

桜(さくら)が　きれいに　咲(さ)きました。

那時櫻花開得美不勝收。

比較

● 形容詞く＋動詞

接續方法 {形容詞詞幹} ＋く＋ {動詞}

意思

【修飾動詞】 形容詞詞尾「い」改成「く」，可以修飾句子裡的動詞。

例文 a

今日(きょう)は　風(かぜ)が　強(つよ)く　吹(ふ)いて　います。

今日一直颳著強風。

◆ **比較說明** ◆

形容動詞詞尾「だ」改成「に」，以「**形容動詞に＋動詞**」的形式，形容動詞後接動詞，可以修飾動詞，表示狀態；形容詞詞尾「い」改成「く」，以「**形容詞く＋動詞**」的形式，形容詞後接動詞，可以修飾動詞，也表示狀態。

形容動詞に＋動詞【修飾動詞】

例文 A

形容詞く＋動詞【修飾動詞】

例文 a

Track 085

11 形容動詞な＋名詞

…的…

接續方法 {形容動詞詞幹} ＋な＋ {名詞}

意思 1

【修飾名詞】 形容動詞要後接名詞，得把詞尾「だ」改成「な」，才可以修飾後面的名詞。中文意思是：「…的…」。

例文A

いろいろな　国へ　行きたいです。

我的願望是周遊列國。

比較

形容詞い＋名詞

…的…

接續方法 {形容詞基本形}＋い＋{名詞}

意　思

【修飾名詞】形容詞要修飾名詞，就是把名詞直接放在形容詞後面。注意喔！因為日語形容詞本身就有「…的」之意，所以不要再加「の」了喔。中文意思是：「…的…」。

例文 a

小さい　家を　買いました。

買了棟小房子。

◆ **比較說明** ◆

形容動詞詞尾「だ」改成「な」以「**形容動詞な＋名詞**」的形式，形容動詞後接名詞，可以修飾後面的名詞，表示限定；「**形容詞い＋名詞**」形容詞要修飾名詞，就把名詞直接放在形容詞後面，表示限定。

形容動詞な＋名詞【修飾名詞】 例文A

形容詞い＋名詞【修飾名詞】 例文 a

12 形容動詞な＋の
…的

接續方法 {形容動詞詞幹} ＋な＋の

意思1

【修飾の】形容動詞後面接代替句子的某個名詞「の」時，要將詞尾「だ」變成「な」。中文意思是：「…的」。

例文A

いちばん　丈夫(じょうぶ)なのを　ください。

請給我最耐用的那種。

比較

形容詞い＋の
…的

接續方法 {形容詞基本形} ＋い＋の

意思

【修飾の】形容詞後面接的「の」是一個代替名詞，代替句中前面已出現過，或是無須解釋就明白的名詞。中文意思是：「…的」。

例文a

小(ちい)さいのが　いいです。

我要小的。

◆比較說明◆

以「形容動詞な＋の」的形式，形容動詞後接代替名詞「の」，可以修飾後面的「の」，表示限定。「の」代替句中前面已出現過的名詞；以「形容詞い＋の」的形式，形容詞後接代替名詞「の」，可以修飾後面的「の」，表示限定。「の」代替句中前面已出現過的名詞。

MEMO

8 実力テスト 做對了，往😊走，做錯了往✖走。

次の文の＿＿＿にはどんな言葉を入れたらよいか。1・2から最も適当なものをひとつ選びなさい。

實力測驗

Q 哪一個是正確的？

1

この　りんごは（　　）です。

1. すっぱいな　2. すっぱい

譯

1. すっぱいな：X
2. すっぱい：酸的

2

今日(きょう)は　宿題(しゅくだい)が　多(おお)くて（　　）。

1. 大変(たいへん)かったです
2. 大変(たいへん)でした

譯

1. 大変かったです：X
2. 大変でした：很累

3

山田(やまだ)さんの　指(ゆび)は、（　　）長(なが)いです。

1. 細(ほそ)くて　2. 細(ほそ)いで

譯

1. 細くて：又細
2. 細いで：X

4

（　　）宿題(しゅくだい)を　出(だ)して　ください。

1. 早(はや)く　2. 早(はや)いに

譯

1. 早く：盡快
2. 早いに：X

5

あの（　　）建物(たてもの)は　美術館(びじゅつかん)です。

1. 古(ふる)い　2. 古(ふる)いな

譯

1. 古い：老舊的
2. 古いな：X

6

花子(はなこ)の　財布(さいふ)は　あの（　　）のです。

1. まるいな　2. まるい

譯

1. まるいな：X
2. まるい：圓形的

答案：（1）2（2）2（3）1
（4）1（5）1（6）2

動詞の表現

Track 087

動詞（現在肯定／現在否定）

(2) 沒…、不…

意思 1

【現在肯定】｛動詞ます形｝＋ます。表示人或事物的存在、動作、行為和作用的詞叫動詞。動詞現在肯定形敬體用「ます」。

例文 A

電車（でんしゃ）に　乗（の）ります。

搭電車。

意思 2

【現在否定】｛動詞ます形｝＋ません。動詞現在否定形敬體用「ません」。中文意思是：「沒…、不…」。

例文 B

今日（きょう）は　雨（あめ）なので　散歩（さんぽ）しません。

因為今天有下雨，就不出門散步。

意思 3

【未來】現在形也含有未來的意思。

例文 C

来週（らいしゅう）　日本（にほん）に　行（い）く。

下週去日本。

比較

名詞（現在肯定／現在否定）

是…；不是…

接續方法 {名詞}＋です／ではありません

意 思

【現在肯定／否定】 表示事物的名稱。「です（現在肯定）／ではありません（現在否定）」是日文敬體，用在對需要表示敬意的人上，如上司、師長或客戶。中文意思是：「是…；不是…」。

例文 a

山田(やまだ)さんは　社長(しゃちょう)です。

山田先生是社長。

◆ 比較說明 ◆

動詞現在肯定「**動詞～ます**」，表示人或事物現在的存在、動作、行為和作用。動詞現在否定是「**動詞～ません**」；名詞現在肯定禮貌體「**名詞～です**」表示事物的名稱。名詞現在否定禮貌體是「**名詞～ではないです / ではありません**」。

動詞【現在肯定／否定】

名詞【現在肯定／否定】

Track 088

2 動詞（過去肯定／過去否定）

(1)…了；(2)（過去）不…

意思 1

【過去肯定】 {動詞ます形}＋ました。動詞過去形表示人或事物過去的存在、動作、行為和作用。動詞過去肯定形敬體用「ました」。中文意思是：「…了」。

例文A

子供（こども）の　写真（しゃしん）を　撮（と）りました。

拍了孩子的照片。

意思2

【過去否定】｛動詞ます形｝＋ませんでした。動詞過去否定形敬體用「ませんでした」。中文意思是：「（過去）不…」。

例文B

今朝（けさ）は　シャワーを　浴（あ）びませんでした。

今天早上沒沖澡。

比較

動詞（現在肯定／現在否定）

(1) 做…；(2) 沒…、不…

意　思

❶**【現在肯定】**｛動詞ます形｝＋ます。表示人或事物的存在、動作、行為和作用的詞叫動詞。動詞現在肯定形敬體用「ます」。中文意思是：「做…」。

❷**【現在否定】**｛動詞ます形｝＋ません。動詞現在否定形敬體用「ません」。中文意思是：「沒…、不…」。

❸**【未來】**現在形也含有未來的意思，例如：「来週（らいしゅう）日本（にほん）に行（い）く／下週去日本。」、「毎日牛乳（まいにちぎゅうにゅう）を飲（の）む／每天喝牛奶。」

例文a

机（つくえ）を　並（なら）べます。

排桌子。

◆比較說明◆

動詞過去肯定「**動詞〜ました**」，表示人或事物過去的存在、動作、行為和作用。動詞過去否定是「**動詞〜ませんでした**」；動詞現在肯定「**動詞〜ます**」，表示人或事物現在的存在、動作、行為和作用。動詞現在否定是「**動詞〜ません**」。

Track 089

3 動詞（基本形）

接續方法 {動詞詞幹}＋動詞詞尾（如：る、く、む、す）

意思1

【辭書形】 相對於「動詞ます形」，動詞基本形說法比較隨便，一般用在關係跟自己比較親近的人之間。因為辭典上的單字用的都是基本形，所以又叫「辭書形」（又稱為「字典形」）。

例文A

喫茶店（きっさてん）に　入（はい）る。

進入咖啡廳。

比較

動詞～ます

接續方法 {動詞} ～ます

意　思

【ます形】 是敬體之一。是將動詞原形，變成字尾是「ます」的形式。一般用在比自己年長、不太熟悉的人或正式、公共的場合。

例文a

ドアを　開（あ）けます。

打開門。

◆ **比較說明** ◆

「動詞基本形」叫辭書形。說法比較隨便，一般用在關係跟自己比較親近的人之間。又叫「辭書形」等；相對地，動詞敬體「**動詞～ます**」叫ます形，說法尊敬，一般用在對長輩及陌生人之間，又叫「禮貌體」等。

Track 090

動詞＋名詞

…的…

接續方法 {動詞普通形} ＋ {名詞}

意思 1

【修飾名詞】 動詞的普通形，可以直接修飾名詞。中文意思是：「…的…」。

例文 A

使(つか)った　お皿(さら)を　洗(あら)います。

清洗用過的盤子。

比較

形容詞＋名詞

…的…

接續方法 {形容詞基本形} ＋ {名詞}

意思

【修飾名詞】 形容詞要修飾名詞，就是把名詞直接放在形容詞後面。注意喔！因為日語形容詞本身就有「…的」之意，所以不要再加「の」了喔。中文意思是：「…的…」。

例文 a

暖（あたた）かい　コートが　ほしいです。

想要一件暖和的外套。

◆ 比較說明 ◆

「動詞＋名詞」表示修飾名詞，動詞的普通形，可以以放在名詞前，用來修飾、限定名詞；「形容詞＋名詞」也表示修飾名詞，形容詞的基本形可以放在名詞前，用來修飾、限定名詞。

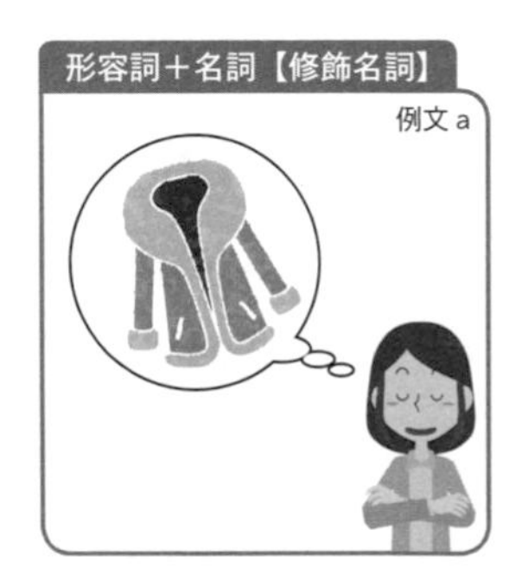

Track 091

5 動詞＋て

(1) 因為；(2) 又…又…；(3) 用…；(4)…而…；(5)…然後

接續方法 {動詞て形} ＋て

意思 1

【原因】「動詞＋て」可表示原因，但其因果關係比「から」、「ので」還弱。中文意思是：「因為」。

例文 A

たくさん　歩（ある）いて、疲（つか）れました。

走了很多路，累了。

意思 2

【並列】單純連接前後短句成一個句子，表示並舉了幾個動作或狀態。中文意思是：「又…又…」。

例文 B

休日（きゅうじつ）は　音楽（おんがく）を　聞（き）いて、本（ほん）を　読（よ）みます。

假日會聽聽音樂、看看書。

意思 3

【方法】表示行為的方法或手段。中文意思是：「用…」。

例文 C

新（あたら）しい　言葉（ことば）は、書（か）いて　覚（おぼ）えます。

透過抄寫的方式來背誦生詞。

意思 4

【對比】表示對比。中文意思是：「…而…」。

例文 D

歩（ある）ける　人（ひと）は　歩（ある）いて、歩（ある）けない　人（ひと）は　バスに　乗（の）って　行（い）きます。

走得動的人就步行，而走不動的人就搭巴士過去。

意思 5

【動作順序】用於連接行為動作的短句時，表示這些行為動作一個接著一個，按照時間順序進行。中文意思是：「…然後」。

例文 E

薬（くすり）を　飲（の）んで　寝（ね）ます。

吃了藥後睡覺。

比較

• 動詞＋てから

先做…，然後再做…

接續方法 {動詞て形} ＋から

意思

【動作順序】 結合兩個句子，表示動作順序，強調先做前項的動作或前項事態成立，再進行後句的動作。中文意思是：「先做…，然後再做…」。

例文 e

ご飯(はん)を　食(た)べてから　テレビを　見(み)ます。

吃完飯之後看電視。

◆ **比較說明** ◆

「**動詞＋て**」表動作順序，用於連接行為動作的短句時，表示這些行為動作一個接著一個，按照時間順序進行，可以連結兩個動作以上；表示對比。用「**動詞＋てから**」也表動作順序，結合兩個句子，表示動作順序，強調先做前項的動作或成立後，再進行後句的動作。

Track 092

6 動詞＋ています
正在…

接續方法 {動詞て形} ＋います

意思 1

【動作的持續】 表示動作或事情的持續，也就是動作或事情正在進行中。中文意思是：「正在…」。

例文A

マリさんは　テレビを　見(み)て　います。

瑪麗小姐正在看電視節目。

比較

動詞たり～動詞たりします

又是…，又是…

接續方法 {動詞た形} ＋り＋ {動詞た形} ＋り＋する

意 思

【列舉】 可表示動作並列，意指從幾個動作之中，例舉出２、３個有代表性的，並暗示還有其他的。中文意思是：「又是…，又是…」。

例文a

休(やす)みの　日(ひ)は、掃除(そうじ)を　したり　洗濯(せんたく)を　したり　する。

假日又是打掃、又是洗衣服等等。

◆ **比較說明** ◆

「ています」表示動作的持續，表示眼前或眼下某人、某事的動作正在進行中；「たり～たりします」表列舉，表示例示幾個動作，同時暗示還有其他動作。也表示動作、狀態的反覆（多為相反或相對的事項），意思是「又是…、又是…」。

ています【動作的持續】

たり～たりします【列舉】

Track 093

7 動詞＋ています
都…

接續方法 {動詞て形} ＋います

意思 1

【動作的反覆】 跟表示頻率的「毎日（まいにち）、いつも、よく、時々（ときどき）」等單詞使用，就有習慣做同一動作的意思。中文意思是：「都…」。

例文 A

村上（むらかみ）くんは　授業中（じゅぎょうちゅう）、いつも　寝（ね）て　います。

村上同學總是在課堂上睡覺。

比較

動詞＋ています
做…、是…

接續方法 {動詞て形} ＋います

意 思

【工作】 接在職業名詞後面，表示現在在做什麼職業。也表示某一動作持續到現在，也就是說話的當時。中文意思是：「做…、是…」。

例文 a

兄（あに）は　アメリカで　仕事（しごと）を　して　います。

哥哥在美國工作。

◆ 比較說明 ◆

「ています」跟表示頻率的副詞等使用，有習慣做同一動作的意思；「ています」接在職業名詞後面，表示現在在做什麼職業。

Track 094

8 動詞＋ています

做…、是…

接續方法 {動詞て形} ＋います

意思 1

【工作】 接在職業名詞後面，表示現在在做什麼職業。也表示某一動作持續到現在，也就是說話的當時。中文意思是：「做…、是…」。

例文 A

父(ちち)は　銀行(ぎんこう)で　働(はたら)いています。

爸爸目前在銀行工作。

比較

動詞＋ています

著…

接續方法 {動詞て形} ＋います

意 思

【動作的持續】 表示動作或事情的持續，也就是動作或事情正在進行中。中文意思是：「著…」。

例文 a

藤本(ふじもと)さんは　本(ほん)を　読(よ)んで　います。

藤本小姐正在看書。

◆ 比較說明 ◆

「ています」接在職業名詞後面，表示現在在做什麼職業；「ています」表示動作正在進行中。也表示穿戴、打扮或手拿、肩背等狀態保留的樣子。如「ネクタイをしめています／繫著領帶」。

ています【工作】

ています【動作的持續】

Track 095

9 動詞＋ています

已…了

接續方法 {動詞て形} ＋います

意思 1

【狀態的結果】 表示某一動作後狀態的結果還持續到現在，也就是說話的當時。中文意思是：「已…了」。

例文 A

教室(きょうしつ)の　壁(かべ)に　カレンダーが　掛(か)かって　います。

教室的牆上掛著月曆。

比較

動詞＋ておきます

先…、暫且…

接續方法 {動詞て形} ＋おく

意 思

【準備】 表示為將來做準備，也就是為了以後的某一目的，事先採取某種行為。中文意思是：「先…、暫且…」。

例文 a

結婚する　前に　料理を　習って　おきます。

結婚前先學會做菜。

◆ **比較說明** ◆

「ています」接在瞬間動詞之後，表示人物動作結束後的狀態結果；「ておきます」接在意志動詞之後，表示為了某特定的目的，事先做好準備工作。

ています【狀態的結果】

例文 A

ておきます【準備】

例文 a

Track 096

10 動詞＋ないで

(1) 沒…就…；(2) 沒…反而…、不做…，而做…

接續方法 {動詞否定形} ＋ないで

意思 1

【附帶】 表示附帶的狀況，也就是同一個動作主體的行為「在不做…的狀態下，做…」的意思。中文意思是：「沒…就…」。

例文 A

上着を　着ないで　出掛けます。

我不穿外套，就這樣出門。

意思 2

【對比】 用於對比述說兩個事情，表示不是做前項的事，卻是做後項的事，或是發生了後項的事。中文意思是：「沒…反而…、不做…，而做…」。

例文B

この　文(ぶん)を　覚(おぼ)えましたか。では　本(ほん)を　見(み)ないで　言(い)って　みましょう。

這段句子背下來了嗎？那麼試著不看書默誦看看。

比較

動詞たり～動詞たりします

有時…，有時…

接續方法 ｛動詞た形｝＋り＋｛動詞た形｝＋り＋する

意　思

【對比】 用於説明兩種對比的情況。中文意思是：「有時…，有時…」。

例文b

病気(びょうき)で　体温(たいおん)が　上(あ)がったり　下(さ)がったりして　います。

因為生病而體溫忽高忽低的。

◆ 比較説明 ◆

「ないで」表對比，表示對比兩個事情，表示不是做前項，卻是做後項；「たり～たりします」也表對比，用於説明兩種對比的情況。

ないで【對比】

たり～たりします【對比】

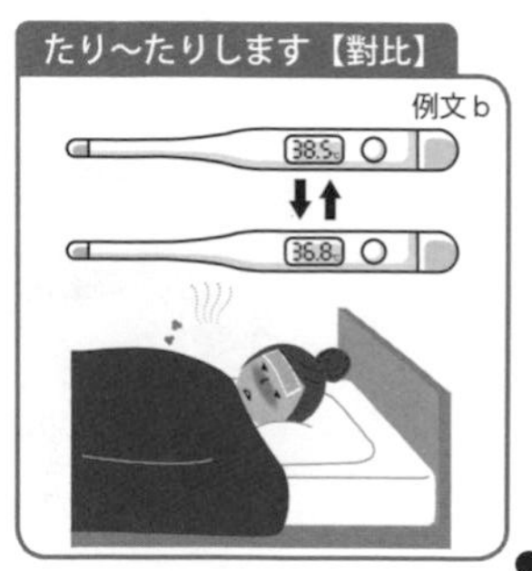

11 動詞＋なくて

因為沒有…、不…所以…

接續方法 {動詞否定形}＋なくて

意思 1

【原因】 表示因果關係。由於無法達成、實現前項的動作，導致後項的發生。中文意思是：「因為沒有…、不…所以…」。

例文A

山田（やまだ）さんは　仕事（しごと）を　しなくて　困（こま）ります。

山田先生不願意做事，真傷腦筋。

比較

動詞ないで

沒…就…

接續方法 {動詞否定形}＋ないで

意　思

【附帶】 表示附帶的狀況，也就是同一個動作主體的行為「在不做…的狀態下，做…」的意思。中文意思是：「沒…就…」。

例文 a

りんごを　洗（あら）わないで　食（た）べました。

蘋果沒洗就吃了。

◆ **比較說明** ◆

「なくて」表原因，表示因果關係。由於無法達成、實現前項的動作，導致後項的發生；「ないで」表附帶，表示附帶的狀況，同一個動作主體沒有做前項，就直接做了後項。

Track 098

12 動詞＋たり～動詞＋たりします

(1) 又是…，又是…；(2) 有時…，有時…；(3) 一會兒…，一會兒…

接續方法 {動詞た形} ＋り＋ {動詞た形} ＋り＋する

意思 1

【列舉】 可表示動作並列，意指從幾個動作之中，例舉出二、三個有代表性的，並暗示還有其他的。中文意思是：「又是…，又是…」。

例文 A

休(やす)みの　日(ひ)は、本(ほん)を　読(よ)んだり　映画(えいが)を　見(み)たり　します。

假日時會翻一翻書、看一看電影。

補 充

〔動詞たり〕 表並列用法時，「動詞たり」有時只會出現一次。

例 文

京都(きょうと)では　お寺(てら)を　見(み)たり　したいです。

到京都時想去參觀參觀寺院。

意思 2

【對比】 用於說明兩種對比的情況。中文意思是：「有時…，有時…」。

例文B

佐藤さんは　体が　弱くて、学校に　来たり　来なかったりです。

佐藤先生身體不好，有時來上個幾天課又請假沒來了。

意思3

【反覆】表示動作的反覆實行。中文意思是：「一會兒…，一會兒…」。

例文C

あの　人は　さっきから　学校の　前を　行ったり　来たり　して　いる。

那個人從剛才就一直在校門口前走來走去的。

比較

動詞ながら

一邊…一邊…

接續方法 {動詞ます形}＋ながら

意思

【同時】表示同一主體同時進行兩個動作，此時後面的動作是主要的動作，前面的動作為伴隨的次要動作。中文意思是：「一邊…一邊…」。

例文c

音楽を　聞きながら　ご飯を　作りました。

一面聽音樂一面做了飯。

◆比較説明◆

「たり～たりします」表反覆，用在反覆做某行為，譬如「歌ったり踊ったり」（又唱歌又跳舞）表示「唱歌→跳舞→唱歌→跳舞→…」，但如果用「ながら」，表同時，表示兩個動作是同時進行的。

Track 099

13 が＋自動詞

接續方法 {名詞}＋が＋{自動詞}

意思１

【無意圖的動作】「自動詞」是因為自然等等的力量，沒有人為的意圖而發生的動作。「自動詞」不需要有目的語，就可以表達一個完整的意思。相較於「他動詞」，「自動詞」無動作的涉及對象。相當於英語的「不及物動詞」。

例文A

家（いえ）の　前（まえ）に　車（くるま）が　止（と）まりました。

家門前停了一輛車。

比較

を＋他動詞

接續方法 {名詞}＋を＋{他動詞}

意　思

【有意圖的動作】 名詞後面接「を」來表示動作的目的語，這樣的動詞叫「他動詞」，相當於英語的「及物動詞」。「他動詞」主要是人為的，表示影響、作用直接涉及其他事物的動作。

例文 a

私(わたし)は　火(ひ)を　消(け)しました。

我把火弄熄了。

◆ 比較說明 ◆

「が＋自動詞」通常是指自然力量所產生的動作，譬如「ドアが閉(し)まりました」(門關了起來）表示門可能因為風吹，而關了起來；「を＋他動詞」是指某人刻意做的動作，譬如「ドアを閉(し)めました」(把門關起來）表示某人基於某個理由，而把門關起來。

が＋自動詞【無意圖的動作】

例文 A

を＋他動詞【有意圖的動作】

例文 a

Track 100

14 を＋他動詞

接續方法 {名詞}＋を＋{他動詞}

意思 1

【有意圖的動作】 名詞後面接「を」來表示動作的目的語，這樣的動詞叫「他動詞」，相當於英語的「及物動詞」。「他動詞」主要是人為的，表示影響、作用直接涉及其他事物的動作。

例文 A

鍵(かぎ)を　なくしました。

鑰匙遺失了。

補充

〖他動詞たい等〗「たい」、「てください」、「てあります」等句型一起使用。

例文

今日は　学校を　休みたいです。

今天想請假不去學校。

比較

通過＋を＋自動詞

接續方法 {名詞}＋を＋{自動詞}

意思

【通過】接表示移動的自動詞，像是「歩く（走）、飛ぶ（飛）、走る（跑）」等；用助詞「を」表示經過或移動的場所，而且「を」後面常接表示通過場所的自動詞，像是「渡る（越過）、通る（經過）、曲がる（轉彎）」等。

例文a

飛行機が　空を　飛んで　います。

飛機在空中飛。

◆比較說明◆

「を＋他動詞」當「を」表示動作對象，後面會接作用力影響到前面對象的他動詞；「通過＋を＋自動詞」中的「を」，後接移動意義的自動詞，表示移動、通過的場所。

を＋他動詞【有意圖的動作】

を＋自動詞【通過】

15 自動詞＋ています

…著、已…了

接續方法 {自動詞て形} ＋います

意思 1

【動作的結果－無意圖】 表示跟目的、意圖無關的某個動作結果或狀態，還持續到現在。相較於「他動詞＋てあります」強調人為有意圖做某動作，其結果或狀態持續著，「自動詞＋ています」強調自然、非人為的動作，所產生的結果或狀態持續著。中文意思是：「…著、已…了」。

例文A

冷蔵庫（れいぞうこ）に　ビールが　入（はい）って　います。

冰箱裡有啤酒。

比較

他動詞＋てあります

…著、已…了

接續方法 {他動詞て形} ＋あります

意　思

【動作的結果－有意圖】 表示抱著某個目的、有意圖地去執行，當動作結束之後，那一動作的結果還存在的狀態。相較於「ておきます」（事先…）強調為了某目的，先做某動作，「てあります」強調已完成動作的狀態持續到現在。中文意思是：「…著、已…了」。

例文a

お弁当（べんとう）は　もう　作（つく）って　あります。

便當已經作好了。

◆ 比較說明 ◆

兩個文法都表示動作所產生結果或狀態持續著，但是含意不同。「自動詞＋ています」主要是用在跟人為意圖無關的動作；「他動詞＋てあります」則是用在某人帶著某個意圖去做的動作。

Track 102

16 他動詞＋てあります

…著、已…了

接續方法 {他動詞て形} ＋あります

意思1

【動作的結果－有意圖】 表示抱著某個目的、有意圖地去執行，當動作結束之後，那一動作的結果還存在的狀態。相較於「ておきます」(事先…) 強調為了某目的，先做某動作，「てあります」強調已完成動作的狀態持續到現在。中文意思是：「…著、已…了」。

例文A

パーティーの　飲み物は　買って　あります。

要在派對上喝的飲料已經買了。

比較

自動詞＋ています

…著、已…了

接續方法 {自動詞て形} ＋います

意思

【動作的結果－無意圖】 表示跟目的、意圖無關的某個動作結果或狀態，還持續到現在。相較於「他動詞＋てあります」強調人為有意圖做某動作，其結果或狀態持續著，「自動詞＋ています」強調自然、非人為的動作，所產生的結果或狀態持續著。中文意思是：「…著、已…了」。

例文 a

空に　月が　出て　います。

夜空高掛著月亮。

◆ **比較說明** ◆

「他動詞＋てあります」表示抱著某個目的、有意圖地去執行，當動作結束之後，那一動作的結果還存在的狀態；「自動詞＋ています」表示自然所產生的狀態保留，也表示人物動作結束後的狀態保留。例如：「もう結婚しています／已經結婚了」。

MEMO

9 実力テスト 做對了，往😊走，做錯了往✕走。

次の文の＿＿＿にはどんな言葉を入れたらよいか。1･2から最も適当なものをひとつ選びなさい。

實力測驗

Q 哪一個是正確的？

1

私(わたし)は　毎朝(まいあさ)、新聞(しんぶん)を（　　）。

1.読(よ)みます　2.読(よ)みました

譯

1.読みます：看

2.読みました：看了

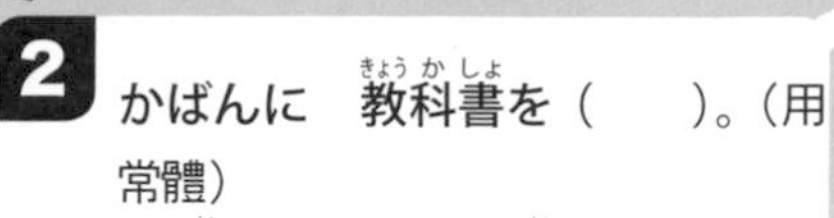

2

かばんに　教科書(きょうかしょ)を（　　）。（用常體）

1.入(い)れる　2.入(い)れます

譯

1.入れる：放入

2.入れます：放入

3

（　　）相手(あいて)は　きれいです。

1.結婚(けっこん)する　2.結婚(けっこん)するの

譯

1.結婚する：結婚

2.結婚するの：結婚的

4

あそこで　犬(いぬ)が（　　）。

1.死(し)にます　2.死(し)んで　います

譯

1.死にます：死亡

2.死んでいます：死了

5

彼女(かのじょ)は　今年(ことし)から、よく　大阪(おおさか)へ（　　）。

1.行(い)きます　2.行(い)って　います

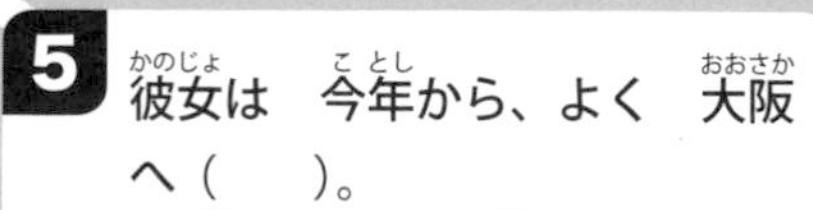

譯

1.行きます：去

2.行っています：去

6

かぎを　かけ（　　）出(で)かけました。

1.ないで　2.なくて

譯

1.ないで：沒…就…

2.なくて：因為沒有…

答案：（1）1（2）1（3）1
（4）2（5）2（6）1

Chapter

10

★★★★★

要求、授受、助言と勧誘の表現

1 名詞＋をください
2 動詞＋てください
3 動詞＋ないでください
4 動詞＋てくださいませんか
5 をもらいます
6 ほうがいい
7 動詞＋ましょうか
8 動詞＋ましょう
9 動詞＋ませんか

Track 103

名詞＋をください

我要…、給我…；給我（數量）…

接續方法 {名詞}＋をください

意思1

【請求－物品】 表示想要什麼的時候，跟某人要求某事物。中文意思是：「我要…、給我…」。

例文A

すみません、塩（しお）を　ください。

不好意思，請給我鹽。

補　充

〖を數量ください〗 要加上數量用「名詞＋を＋數量＋ください」的形式，外國人在語順上經常會説成「數量＋の＋名詞＋をください」，雖然不能説是錯的，但日本人一般不這麼説。中文意思是：「給我（數量）…」。

例　文

コーヒーを　2（ふた）つ　ください。

請給我兩杯咖啡。

比較

● 動詞＋てください

請…

接續方法 {動詞て形}＋ください

意思

【請求－動作】 表示請求、指示或命令某人做某事。一般常用在老師對學生、上司對部屬、醫生對病人等指示、命令的時候。中文意思是：「請…」。

例文 a

口(くち)を　大(おお)きく　開(あ)けて　ください。

請把嘴巴張大。

◆ **比較說明** ◆

「をください」表示跟對方要求某物品。也表示請求對方為我（們）做某事；「てください」表示請求對方做某事。

をください【請求－物品】

例文 A

てください【請求－動作】

例文 a

Track 104

2 動詞＋てください

請…

接續方法 {動詞て形}＋ください

意思 1

【請求－動作】 表示請求、指示或命令某人做某事。一般常用在老師對學生、上司對部屬、醫生對病人等指示、命令的時候。中文意思是：「請…」。

例文 A

起(お)きて　ください。

請起來！

比較

動詞＋てくださいませんか

能不能請您…

接續方法 {動詞て形} ＋くださいませんか

意 思

【客氣請求】 跟「てください」一樣表示請求，但說法更有禮貌。由於請求的內容給對方負擔較大，因此有婉轉地詢問對方是否願意的語氣。也使用於向長輩等上位者請託的時候。中文意思是：「能不能請您…」。

例文 a

お名前（なまえ）を　教（おし）えて　くださいませんか。

能不能告訴我您的尊姓大名？

◆ 比較說明 ◆

「てくださいませんか」表示婉轉地詢問對方是否願意做某事，是比「てください」更禮貌的請求說法。

てください【請求一動作】

例文 A

てくださいませんか【客氣請求】

例文 a

Track 105

3 動詞＋ないでください

(1) 可否請您不要…；(2) 請不要…

意思 1

【婉轉請求】 {動詞否定形} ＋ないでくださいませんか。為更委婉的說法，表示婉轉請求對方不要做某事。中文意思是：「可否請您不要…」。

例文A

ここに　荷物(にもつ)を　置(お)かないで　くださいませんか。

可否請勿將個人物品放置此處？

意思2

【請求不要】｛動詞否定形｝＋ないでください。表示否定的請求命令，請求對方不要做某事。中文意思是：「請不要…」。

例文B

写真(しゃしん)を　撮(と)らないで　ください。

請不要拍照。

比較

● 動詞＋てください

請…

接續方法 ｛動詞て形｝＋ください

意　思

【請求－動作】 表示請求、指示或命令某人做某事。一般常用在老師對學生、上司對部屬、醫生對病人等指示、命令的時候。中文意思是：「請…」。

例文b

この　問題(もんだい)が　分(わ)かりません。教(おし)えて　ください。

這道題目我不知道該怎麼解，麻煩教我。

◆比較說明◆

「ないでください」前面接動詞ない形，是請求對方不要做某事的意思；「てください」前面接動詞て形，是請求對方做某事的意思。

ないでください【請求不要】

てください【請求ー動作】

Track 106

4 動詞＋てくださいませんか

能不能請您…

接續方法 {動詞て形} ＋くださいませんか

意思 1

【客氣請求】 跟「てください」一樣表示請求，但說法更有禮貌。由於請求的內容給對方負擔較大，因此有婉轉地詢問對方是否願意的語氣。也使用於向長輩等上位者請託的時候。中文意思是：「能不能請您…」。

例文 A

電話番号（でんわばんごう）を　教（おし）えて　くださいませんか。

可否請您告訴我您的電話號碼？

比較

動詞＋ないでくださいませんか

請您不要…

接續方法 {動詞否定形} ＋ないでくださいませんか

意　思

【婉轉請求】 為更委婉的説法，表示婉轉請求對方不要做某事。中文意思是：「請您不要…」。

例文 a

大(おお)きな　声(こえ)を　出(だ)さないで　くださいませんか。

可以麻煩不要發出很大的聲音嗎？

◆ **比較說明** ◆

「てくださいませんか」表客氣請求，表示禮貌地請求對方做某事；「ないでくださいませんか」表婉轉請求，表示禮貌地請求對方不要做某事。

てくださいませんか
【客氣請求】

例文 A

ないでくださいませんか
【婉轉請求】

例文 a

Track 107

5 をもらいます

取得、要、得到

接續方法 {名詞}＋をもらいます

意思 1

【授受】 表示從某人那裡得到某物。「を」前面是得到的東西。給的人一般用「から」或「に」表示。中文意思是：「取得、要、得到」。

例文 A

悟(さとる)くんに　手紙(てがみ)を　もらいました。

收到了小悟寄來的信。

比較

● をくれる

給…

接續方法 {名詞}＋をくれる

意思

【物品受益－同輩】表示他人給説話人（或説話一方）物品。這時候接受人跟給予人大多是地位、年齡相當的同輩。句型是「**給予人は（が）接受人に～をくれる**」。給予人是主語，而接受人是説話人，或説話人一方的人（家人）。給予人也可以是晚輩。中文意思是：「給…」。

例文 a

友達（ともだち）**が　私**（わたし）**に　お祝**（いわ）**いの　電報**（でんぽう）**を　くれた。**

朋友給了我一份祝賀的電報。

◆ **比較説明** ◆

「をもらいます」表示授受，表示人物 A 從人物 B 處，得到某物品；「をくれる」表示物品受益，表示人物 A（同輩）送給我（或我方的人）某物品。

Track 108

6 ほうがいい

(1)…比較好；(2) 我建議最好…、我建議還是…為好；最好不要…

接續方法 {名詞の；形容詞辭書形；形容動詞詞幹な；動詞た形} ＋ほうがいい

意思 1

【提出】也用在陳述自己的意見、喜好的時候。中文意思是：「…比較好」。

例文A

休(やす)みの　日(ひ)は、家(いえ)に　いる　ほうが　いいです。

我放假天比較喜歡待在家裡。

意思2

【提議】 用在向對方提出建議、忠告。有時候前接的動詞雖然是「た形」，但指的卻是以後要做的事。中文意思是：「我建議最好…、我建議還是…為好」。

例文B

熱(ねつ)が　高(たか)いですね。薬(くすり)を　飲(の)んだ　ほうが　いいです。

發高燒了耶！還是吃藥比較好喔。

補 充

〔否定形ーないほうがいい〕 否定形為「ないほうがいい」。中文意思是：「最好不要…」。

例 文

あまり　お酒(さけ)を　飲(の)まない　ほうが　いいですよ。

還是盡量不要喝酒比較好喔！

比較

てもいい

…也行、可以…

接續方法 {動詞て形} ＋もいい

意 思

【許可】 表示許可或允許某一行為。如果說的是聽話人的行為，表示允許聽話人某一行為。中文意思是：「…也行、可以…」。

例文b

今日(きょう)は　もう　帰(かえ)って　もいいよ。

今天你可以回去囉！

◆ 比較說明 ◆

因為都有「いい」，乍看兩個文法或許有點像，不過針對對方的行為發表言論時，「ほうがいい」表提議，表示建議對方怎麼做，「てもいい」則表許可，表示允許對方做某行為。

ほうがいい【提議】

例文 B

てもいい【許可】

例文 b

Track 109

7 動詞＋ましょうか

(1) 我來（為你）…吧；(2) 我們（一起）…吧

接續方法 {動詞ます形}＋ましょうか

意思 1

【提議】 這個句型有兩個意思，一個是表示提議，想為對方做某件事情並徵求對方同意。中文意思是：「我來（為你）…吧」。

例文 A

タクシーを　呼（よ）びましょうか。

我們攔計程車吧！

意思 2

【邀約】 另一個是表示邀請對方一起做某事，相當於「ましょう」，但是站在對方的立場著想才進行邀約。中文意思是：「我們（一起）…吧」。

例文 B

一緒（いっしょ）に　帰（かえ）りましょうか。

我們一起回家吧！

比較

動詞＋ませんか

要不要…吧

接續方法 {動詞ます形} ＋ませんか

意 思

【邀約】 表示行為、動作是否要做，在尊敬對方抉擇的情況下，有禮貌地邀約對方，跟自己一起做某事。中文意思是：「要不要…吧」。

例文 b

タクシーで　帰（かえ）りませんか。

要不要搭計程車回去呢？

◆ 比較說明 ◆

「ましょうか」表邀約，前接動詞ます形，句型有兩個意思，一個是提議，表示想為對方做某件事情並徵求對方同意。一個是表示邀約，有很高成分是替對方考慮的邀約；「ませんか」也表邀約，是前接動詞ます形，是婉轉地詢問對方的意圖，帶有提議的語氣。

ましょうか【邀約】

例文 B

ませんか【邀約】

例文 b

Track 110

8 動詞＋ましょう

(1) 就那麼辦吧；(2)…吧；(3) 做…吧

接續方法 {動詞ます形} ＋ましょう

意思 1

【主張】 也用在回答時，表示贊同對方的提議。中文意思是：「就那麼辦吧」。

例文A

ええ、そう　しましょう。

好呀，再見面吧！

意思2

【倡導】 請注意例文B，實質上是在下命令，但以勸誘的方式，讓語感較為婉轉。不用在說話人身上。中文意思是：「…吧」。

例文B

お年寄(としよ)りには　親切(しんせつ)に　しましょう。

對待長者要親切喔！

意思3

【勸誘】 表示勸誘對方跟自己一起做某事。一般用在做那一行為、動作，事先已經規定好，或已經成為習慣的情況。中文意思是：「做…吧」。

例文C

ちょっと　座(すわ)りましょう。

稍微坐一下吧！

比較

● 動詞＋なさい

要…、請…

接續方法 {動詞ます形}＋なさい

意　思

【命令】 表示命令或指示。一般用在上級對下級，父母對小孩，老師對學生的情況。比起命令形，此句型稍微含有禮貌性，語氣也較緩和。由於這是用在擁有權力或支配能力的人，對下面的人說話的情況，使用的場合是有限的。中文意思是：「要…、請…」。

例文c

早(はや)く　寝(ね)なさい。

快點睡覺！

◆ 比較說明 ◆

「ましょう」前接動詞ます形，表示禮貌地勸誘對方跟自己一起做某事，或勸誘、倡導對方做某事；「なさい」前面也接動詞ます形，表示命令或指示。語氣溫和。用在上位者對下位者下達命令時。

ましょう【勸誘】

なさい【命令】

Track 111

9 動詞＋ませんか

要不要…吧

接續方法 {動詞ます形}＋ませんか

意思 1

【勸誘】 表示行為、動作是否要做，在尊敬對方抉擇的情況下，有禮貌地勸誘對方，跟自己一起做某事。中文意思是：「要不要…吧」。

例文 A

公園（こうえん）で　テニスを　しませんか。

要不要到公園打網球呢？

比較

動詞＋ましょうか

我們（一起）…吧

接續方法 {動詞ます形}＋ましょうか

意 思

【邀約】 另一個是表示邀請，相當於「ましょう」，但是是站在對方的立場著想才進行邀約。中文意思是：「我們（一起）…吧」。

例文 a

公園(こうえん)で　お弁当(べんとう)を　食(た)べましょうか。

我們在公園吃便當吧？

◆ **比較說明** ◆

「ませんか」讀降調，表示在尊敬對方選擇的情況下，婉轉地詢問對方的意願，帶有提議的語氣；「ましょうか」讀降調，表示婉轉地勸誘、邀請對方跟自己一起做某事。用在認為對方會同意自己的提議時。

MEMO

10 実力テスト

做對了，往😊走，做錯了往✖走。

次の文の＿＿＿にはどんな言葉を入れたらよいか。1・2から最も適当なものをひとつ選びなさい。

實力測驗

Q 哪一個是正確的？

1 この　問題(もんだい)を　教(おし)え（　　）か。

1. てください
2. てくださいません

譯

1. てください：請…
2. てくださいません：能不能請您…

2 ここで　たばこを　吸(す)わ（　　）。

1. てください
2. ないで　ください

譯

1. てください：請…
2. ないでください：請不要…

3 熱(ねつ)が　あるから、寝(ね)て　いた（　　）ですよ。

1. ほうがいい　2. てもいい

譯

1. ほうがいい：最好…
2. てもいい：…也行

4 日曜日(にちようび)、うちに　来(き)（　　）。

1. ましょうか　2. ませんか

譯

1. ましょうか：我們…吧
2. ませんか：要不要…

5 2時(にじ)ごろ　駅(えき)で　会(あ)い（　　）。

1. ましょう　　2. でしょう

譯

1. ましょう：我們…吧
2. でしょう：大概…吧

6 笑美(えみ)ちゃんは　ゆう太(た)くんから　花(はな)を（　　）。

1. もらいました
2. あげました

譯

1. もらいました：從…那兒得到了…
2. あげました：給了…

答案：（1）2（2）2（3）1

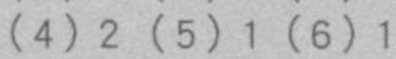

（4）2（5）1（6）1

Chapter

11

★★★★★

希望、意志、原因、比較と程度の表現

Track 112

名詞＋がほしい

…想要…；不想要…

接續方法 {名詞}＋が＋ほしい

意思1

【希望－物品等】 表示説話人（第一人稱）想要把什麼有形或無形的東西弄到手，想要把什麼有形或無形的東西變成自己的，希望得到某物的句型。「ほしい」是表示感情的形容詞。希望得到的東西，用「が」來表示。疑問句時表示聽話者的希望。中文意思是：「…想要…」。

例文A

もっと　休(やす)みが　ほしいです。

想要休息久一點。

補 充

〔否定－は〕 否定的時候較常使用「は」。中文意思是：「不想要…」。

例 文

今(いま)、お酒(さけ)は　ほしく　ないです。

現在不想喝酒。

比較

名詞＋をください

我要…、給我…

接續方法 {名詞}＋をください

意 思

【請求－物品】 表示想要什麼的時候，跟某人要求某事物。中文意思是：「我要…、給我…」。

例文 a

ジュースを　ください。

我要果汁。

◆ **比較説明** ◆

兩個文法前面都接名詞，「がほしい」表示說話人想要得到某事物；「をください」是有禮貌地跟某人要求某樣東西。

がほしい【希望－物品等】

例文 A

をください【請求－物品】

例文 a

Track 113

2 動詞＋たい

想要…；想要…呢？；不想…

接續方法 {動詞ます形}＋たい

意思 1

【希望－行為】 表示說話人（第一人稱）內心希望某一行為能實現，或是強烈的願望。中文意思是：「想要…」。

例文 A

私（わたし）は　日本語（にほんご）の　先生（せんせい）に　なりたいです。

我想成為日文教師。

補充 1

〖が他動詞たい〗 使用他動詞時，常將原本搭配的助詞「を」，改成助詞「が」。

例 文

私(わたし)は　この　映画(えいが)が　見(み)たいです。

我想看這部電影。

補充 2

〖疑問句〗 用於疑問句時，表示聽話者的願望。中文意思是：「想要…呢？」。

例 文

「何(なに)が　食(た)べたいですか。」「カレーが　食(た)べたいです。」

「想吃什麼嗎？」「想吃咖哩。」

補充 3

〖否定ーたくない〗 否定時用「たくない」、「たくありません」。中文意思是：「不想…」。

例 文

まだ　帰(かえ)りたく　ないです。

還不想回家。

比較

動詞＋てほしい

希望…、想…

接續方法 {動詞て形} ＋ほしい

意 思

【希望】 表示説話者希望對方能做某件事情，或是提出要求。中文意思是：「希望…、想…」。

例文 a

旅行(りょこう)に　行(い)くなら、お土産(みやげ)を　買(か)って　来(き)て　ほしい。

如果你要去旅行，希望你能買名產回來。

◆ 比較說明 ◆

「たい」表希望（行為），用在說話人內心希望自己能實現某個行為；「てほしい」也表希望，用在希望別人達成某事，而不是自己。

Track 114

3 つもり

打算、準備；不打算；有什麼打算呢

意思 1

【意志】｛動詞辭書形｝＋つもり。表示打算作某行為的意志。這是事前決定的，不是臨時決定的，而且想做的意志相當堅定。中文意思是：「打算、準備」。

例文 A

春休み（はるやす）は　国（くに）に　帰（かえ）る　つもりです。

我打算春假時回國。

補充 1

〔否定〕｛動詞否定形｝＋つもり。相反地，表示不打算作某行為的意志。中文意思是：「不打算」。

例 文

もう　彼（かれ）には　会（あ）わない　つもりです。

我不想再和男友見面了。

補充 2

〖どうするつもり〗どうする＋つもり。詢問對方有何打算的時候。中文意思是：「有什麼打算呢」。

例 文

あなたは、この　後（あと）　どうする　つもりですか。

你等一下打算做什麼呢？

比較

●（よ）うとおもう

我打算…

接續方法 {動詞意向形}＋（よ）うとおもう

意 思

【意志】 表示說話人告訴聽話人，說話當時自己的想法、打算或意圖，比起不管實現可能性是高或低都可使用的「たいとおもう」，「（よ）うとおもう」更具有採取某種行動的意志，且動作實現的可能性很高。中文意思是：「我打算…」。

例文 a

お正月（しょうがつ）は　北海道（ほっかいどう）へ　スキーに　行（い）こうと　思（おも）います。

年節期間打算去北海道滑雪。

◆ 比較說明 ◆

兩個文法都表意志，表示打算做某事，大部份的情況可以通用。但「つもり」前面要接動詞連體形，而且是有具體計畫、帶有已經準備好的堅定決心，實現的可能性較高；「（よ）うとおもう」前面要接動詞意向形，表示說話人當時的意志，但還沒做實際的準備。

つもり【意志】

(よ)うとおもう【意志】

Track 115

4 から

因為…

接續方法 {形容詞・動詞普通形}＋から；{名詞；形容動詞詞幹}＋だから

意思1

【原因】 表示原因、理由。一般用於說話人出於個人主觀理由，進行請求、命令、希望、主張及推測，是種較強烈的意志性表達。中文意思是：「因為…」。

例文A

よく　寝(ね)たから、元気(げんき)に　なりました。

因為睡得很飽，所以恢復了活力。

比較

ので

因為…

接續方法 {[形容詞・動詞]普通形}＋ので；{名詞；形容動詞詞幹}な＋ので

意 思

【原因】 表示原因、理由。前句是原因，後句是因此而發生的事。「ので」一般用在客觀的自然的因果關係，所以也容易推測出結果。中文意思是：「因為…」。

例文 a

寒(さむ)いので、コートを　着(き)ます。

因為很冷，所以穿大衣。

◆ 比較説明 ◆

兩個文法都表示原因、理由。「から」傾向於用在説話人出於個人主觀理由；「ので」傾向於用在客觀的自然的因果關係。單就文法來説，「から」、「ので」經常能交替使用。

Track 116

5 ので

因為…

接續方法 {形容詞・動詞普通形} ＋ので；{名詞；形容動詞詞幹} ＋なので

意思 1

【原因】 表示原因、理由。前句是原因，後句是因此而發生的事。「ので」一般用在客觀的自然的因果關係，所以也容易推測出結果。中文意思是：「因為…」。

例文 A

明日(あした)は　仕事(しごと)なので、行(い)けません。

因為明天還要工作，所以沒辦法去。

比較

動詞＋て

因為

接續方法 {動詞て形}＋て

意 思

【原因】「動詞＋て」可表示原因，但其因果關係比「から」、「ので」還弱。中文意思是：「因為」。

例文 a

たくさん　食べて　お腹が　いっぱいです。

因為吃太多，所以肚子很飽。

◆ **比較説明** ◆

「ので」表示原因。一般用在客觀敘述前後項的因果關係，後項大多是發生了的事情。所以句尾不使用命令或意志等句子；「動詞＋て」也表示原因，但因果關係沒有「から、ので」那麼強。後面常出現不可能，或「困る（困擾）、大変だ（麻煩）、疲れた（疲勞）」心理、身體等狀態詞句，句尾不使用讓對方做某事或意志等句子。

Track 117

6 は～より

…比…

接續方法 {名詞}＋は＋{名詞}＋より

意思 1

【比較】 表示對兩件性質相同的事物進行比較後，選擇前者。「より」後接的是性質或狀態。如果兩件事物的差距很大，可以在「より」後面接「ずっと」來表示程度很大。中文意思是：「…比…」。

例文 A

北海道(ほっかいどう)は　九州(きゅうしゅう)より　大(おお)きいです。

北海道的面積比九州大。

比較

より～ほう

…比…、比起…，更…

接續方法 {名詞；[形容詞・動詞] 普通形} ＋より（も、は）＋{名詞の；[形容詞・動詞] 普通形；形容動詞詞幹な} ＋ほう

意 思

【比較】 表示對兩件事物進行比較後，選擇後者。「ほう」是方面之意，在對兩件事物進行比較後，選擇了「こっちのほう」（這一方）的意思。被選上的用「が」表示。中文意思是：「…比…、比起…，更…」。

例文 a

テニスより　水泳(すいえい)の　ほうが　好(す)きです。

喜歡游泳勝過網球。

◆ 比較說明 ◆

「は～より」表比較，表示前者比後者還符合某種性質或狀態；「より～ほう」也表比較，表示比較兩件事物後，選擇了「ほう」前面的事物。

7 より～ほう

…比…、比起…，更…

接續方法 {名詞；形容詞・動詞普通形} ＋より（も、は）＋{名詞の；形容詞・動詞普通形；形容動詞詞幹な} ＋ほう

意思 1

【比較】 表示對兩件事物進行比較後，選擇後者。「ほう」是方面之意，在對兩件事物進行比較後，選擇了「こっちのほう」（這一方）的意思。被選上的用「が」表示。中文意思是：「…比…、比起…，更…」。

例文 A

お店（みせ）で　食（た）べるより　自分（じぶん）で　作（つく）る　ほうが　おいしいです。

比起在店裡吃的，還是自己煮的比較好吃。

比較

ほど～ない

不像…那麼…、沒那麼…

接續方法 {名詞；動詞普通形} ＋ほど～ない

意思

【比較】 表示兩者比較之下，前者沒有達到後者那種程度。這個句型是以後者為基準，進行比較的。中文意思是：「不像…那麼…、沒那麼…」。

例文 a

大（おお）きい　船（ふね）は、小（ちい）さい　船（ふね）ほど　揺（ゆ）れない。

大船不像小船那麼會搖。

◆ 比較說明 ◆

「より～ほう」表示比較。比較並凸顯後者，選擇後者。「は～ほど～ない」也表示比較。是後接否定，表示比較的基準。一般是比較兩個程度上相差不大的東西，不能用在程度相差懸殊的比較上。

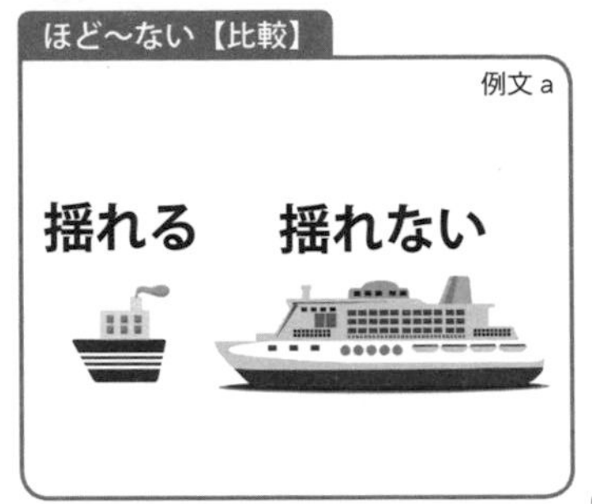

Track 119

8 あまり～ない

不太…；完全不…

接續方法 あまり（あんまり）＋{形容詞・形容動・動詞否定形}＋～ない

意思 1

【程度】「あまり」下接否定的形式，表示程度不特別高，數量不特別多。中文意思是：「不太…」。

例文 A

王(ワン)さんは　学校(がっこう)に　あまり　来(き)ません。

王同學很少來上課。

補充 1

〘口語－あんまり〙 在口語中常説成「あんまり」。

例　文

この　映画(えいが)は　あんまり　面白(おもしろ)く　ありませんでした。

這部電影不怎麼好看。

補充 2

〘全面否定－ぜんぜん～ない〙 若想表示全面否定可用「全(ぜん)然(ぜん)～ない」。中文意思是：「完全不…」。

例文

勉強(べんきょう)しましたが、全然(ぜんぜん)　分(わ)からない。

雖然讀了書，還是一點也不懂。

比較

疑問詞＋も＋否定

也（不）…

接續方法 {疑問詞} ＋も＋～ません

意思

【全面否定】「も」上接疑問詞，下接否定語，表示全面的否定。中文意思是：「也（不）…」。

例文 a

お酒(さけ)は　いつも　飲(の)みません。

我向來不喝酒。

◆ 比較說明 ◆

兩個文法都搭配否定形式，但「あまり～ない」是表示狀態、數量的程度不太大，或動作不常出現；而「疑問詞＋も＋否定」則表示全面否定，疑問詞代表範圍內的事物。

あまり～ない【程度】

例文A

疑問詞＋も＋否定【全面否定】

例文 a

11 実力テスト 做對了，往😊走，做錯了往✖走。

次の文の＿＿＿にはどんな言葉を入れたらよいか。1・2から最も適当なものをひとつ選びなさい。

實力測驗
Q 哪一個是正確的？

1
いちごを　たくさん　もらった（　　）、半分(はんぶん)　ジャムに　します。
1. けど　　2. ので

1. けど：可是
2. ので：因為

2
私(わたし)は　京都(きょうと)へ（　　）です。
1. 行(い)きたい　2. 行(い)って　ほしい

1. 行きたい：想去
2. 行ってほしい：希望你去

3
可愛(かわい)い　ハンカチ（　　）です。
1. がほしい　　2. をください

1. がほしい：想要…
2. をください：給我…

来週(らいしゅう)　台湾(タイワン)に（　　）です。
1. 帰(かえ)ろうと　思(おも)います
2. 帰(かえ)るつもり

1. 帰ろうと思います：我想回去
2. 帰るつもり：打算回去

5
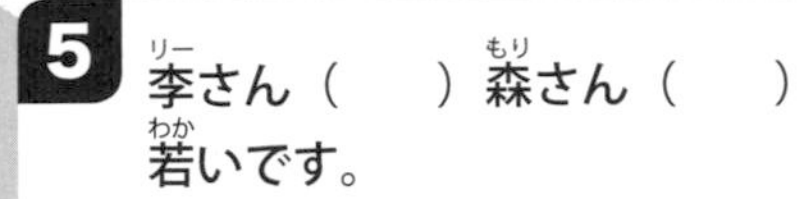
李(リー)さん（　　）森(もり)さん（　　）若(わか)いです。
1. は～より　　2. より～ほう

1. は～より：…比…
2. より～ほう：比起…，更…

6
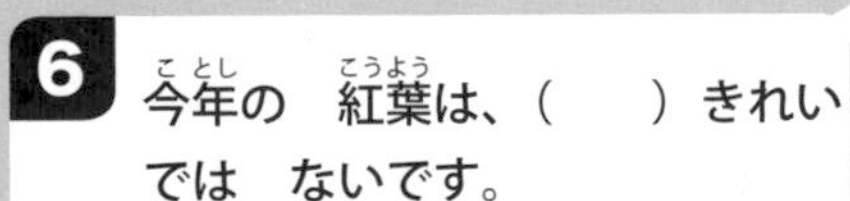
今年(ことし)の　紅葉(こうよう)は、（　　）きれいでは　ないです。
1. どれが　　2. あまり

1. どれが：哪個…
2. あまり：不太…

答案：（1）2（2）1（3）1
（4）2（5）1（6）2

Chapter

12 時間の表現

★★★★★

Track 120

動詞＋てから

(1) 先做…，然後再做…；(2) 從…

接續方法 {動詞て形} ＋から

意思 1

【動作順序】 結合兩個句子，表示動作順序，強調先做前項的動作或前項事態成立，再進行後句的動作。中文意思是：「先做…，然後再做…」。

例文 A

手(て)を　洗(あら)って　から　食(た)べます。

先洗手再吃東西。

意思 2

【起點】 表示某動作、持續狀態的起點。中文意思是：「從…」。

例文 B

この　仕事(しごと)を　始(はじ)めて　から、今年(ことし)で　10年(じゅうねん)です。

從事這項工作到今年已經十年了。

比較

動詞＋ながら

一邊…一邊…

接續方法 {動詞ます形} ＋ながら

意 思

【同時】 表示同一主體同時進行兩個動作，此時後面的動作是主要的動作，前面的動作為伴隨的次要動作。中文意思是：「一邊…一邊…」。

例文 b

歌(うた)を　歌(うた)いながら　歩(ある)きました。

一面唱歌一面走路了。

◆ 比較說明 ◆

兩個文法都表示動作的時間，「てから」表起點，前面接的是動詞て形，表示先做前項的動作，再做後句的動作。也表示動作、持續狀態的起點；但「ながら」表同時，前面接動詞ます形，前後的動作或事態是同時發生的。

Track 121

2 動詞＋たあとで、動詞＋たあと

…以後…；…以後

接續方法 {動詞た形}＋あとで；{動詞た形}＋あと

意思 1

【前後關係】 表示前項的動作做完後，做後項的動作。是一種按照時間順序，客觀敘述事情發生經過的表現，而前後兩項動作相隔一定的時間發生。中文意思是：「…以後…」。

例文A

宿題(しゅくだい)を　した　あとで、ゲームを　します。

做完功課之後再打電玩。

補　充

〔**繼續狀態**〕後項如果是前項發生後，而繼續的行為或狀態時，就用「あと」。中文意思是：「…以後」。

例　文

弟(おとうと)は　学校(がっこう)から　帰(かえ)った　あと、ずっと　部屋(へや)で　寝(ね)て　います。

弟弟從學校回家以後，就一直在房裡睡覺。

比較

動詞＋てから

先做…，然後再做…

接續方法 {動詞て形} ＋から

意　思

【**動作順序**】結合兩個句子，表示動作順序，強調先做前項的動作或前項事態成立，再進行後句的動作。中文意思是：「先做…，然後再做…」。

例文a

夜(よる)、歯(は)を　磨(みが)いて　から　寝(ね)ます。

晚上刷完牙以後才睡覺。

◆ 比較說明 ◆

兩個文法都可以表示動作的先後，但「たあとで」表前後關係，前面是動詞た形，單純強調時間的先後關係；「てから」表動作順序，前面則是動詞て形，而且前後兩個動作的關連性比較強。另外，要表示某動作的起點時，只能用「てから」。

たあと（で）【前後關係】
例文A

てから【動作順序】
例文a

Track 122

3 名詞＋の＋あとで、名詞＋の＋あと

(1)…後、…以後；(2)…後

接續方法 {名詞}＋の＋あとで；{名詞}＋の＋あと

意思1

【順序】 只單純表示順序的時候，後面接不接「で」都可以。後接「で」有強調「不是其他時間，而是現在這個時刻」的語感。中文意思是：「…後、…以後」。

例文A

仕事（しごと）の　あと、プールへ　行（い）きます。

下班後要去泳池。

意思2

【前後關係】 表示完成前項事情之後，進行後項行為。中文意思是：「…後」。

例文B

パーティーの　あとで、写真（しゃしん）を　撮（と）りました。

派對結束後拍了照片。

比較

名詞＋の＋まえに

…前、…的前面

接續方法 {名詞}＋の＋まえに

意 思

【前後關係】 表示空間上的前面，或做某事之前先進行後項行為。中文意思是：「…前、…的前面」。

例文 b

食事（しょくじ）の　前（まえ）に　手（て）を　洗（あら）います。

吃飯前先洗手。

◆ **比較說明** ◆

兩個文法都表示事情的時間，「のあとで」表示先做前項，再做後項；但「のまえに」表示做前項之前，先做後項。

Track 123

4 動詞＋まえに

…之前，先…

接續方法 {動詞辭書形}＋まえに

意思 1

【前後關係】 表示動作的順序，也就是做前項動作之前，先做後項的動作。中文意思是：「…之前，先…」。

例文 A

寝（ね）る　前（まえ）に　歯（は）を　磨（みが）きます。

睡覺前刷牙。

補充

〘辭書形前に～過去形〙即使句尾動詞是過去形，「まえに」前面還是要接動詞辭書形。

例文

5時(ごじ)に　なる　前(まえ)に　帰(かえ)りました。

還不到五點前回去了。

比較

動詞＋てから

先做…，然後再做…

接續方法 {動詞て形}＋から

意思

【動作順序】 結合兩個句子，表示動作順序，強調先做前項的動作或前項事態成立，再進行後句的動作。中文意思是：「先做…，然後再做…」。

例文 a

家(いえ)は、よく　調(しら)べて　から　買(か)います。

買房子要多調查後再購買。

◆ 比較說明 ◆

「まえに」表前後關係，表示動作、行為的先後順序，也就是做前項動作之前，先做後項的動作；「てから」表動作順序，結合兩個句子，也表示表示動作、行為的先後順序，強調先做前項的動作或前項事態成立，再進行後句的動作。

5 名詞＋の＋まえに

…前、…的前面

接續方法 {名詞}＋の＋まえに

意思 1

【前後關係】 表示空間上的前面，或做某事之前先進行後項行為。中文意思是：「…前、…的前面」。

例文 A

この　薬（くすり）は　食事（しょくじ）の　前（まえ）に　飲（の）みます。

這種藥請於餐前服用。

比較

までに

在…之前、到…時候為止

接續方法 {名詞；動詞辭書形}＋までに

意 思

【期限】 接在表示時間的名詞後面，表示動作或事情的截止日期或期限。中文意思是：「在…之前、到…時候為止」。

例文 a

これ、何時（なんじ）までに　やれば　いいですか。

這件事，在幾點之前完成就可以了呢？

◆ 比較說明 ◆

「のまえに」表示前後關係。用在表達兩個行為，哪個先實施；「までに」則表示期限。表示動作必須在提示的時間之前完成。

のまえに【前後關係】

までに【期限】

Track 125

6 動詞＋ながら

一邊…一邊…；一面…一面…

接續方法 {動詞ます形}＋ながら

意思1

【同時】 表示同一主體同時進行兩個動作，此時後面的動作是主要的動作，前面的動作為伴隨的次要動作。中文意思是：「一邊…一邊…」。

例文A

テレビを　見(み)ながら、ご飯(はん)を　食(た)べます。

邊看電視邊吃飯。

補　充

〖長期的狀態〗 也可使用於長時間狀態下，所同時進行的動作。中文意思是：「一面…一面…」。

例　文

大学(だいがく)を　出(で)て　から　昼(ひる)は　銀行(ぎんこう)で　働(はたら)きながら、夜(よる)は　お店(みせ)で　ピアノを　弾(ひ)いて　います。

從大學畢業以後，白天在銀行上班，晚上則在店裡兼差彈奏鋼琴。

比較

動詞＋て

…然後

接續方法 {動詞て形} ＋て

意 思

【動作順序】 用於連接行為動作的短句時，表示這些行為動作一個接著一個，按照時間順序進行。中文意思是：「…然後」。

例文 a

「いただきます」と　言（い）って　ご飯（はん）を　食（た）べます。

說完「我開動了」然後吃飯。

◆ 比較說明 ◆

「ながら」表同時，表示同時進行兩個動作；「動詞＋て」表動作順序，表示行為動作一個接著一個，按照時間順序進行。

ながら【同時】

動詞＋て【動作順序】

Track 126

7 とき

(1) 時候；(2) 時、時候；(3)…的時候

意思 1

【時間點－之後】 {動詞過去形＋とき＋動詞現在形句子}。「とき」前後的動詞時態也可能不同，表示實現前者後，後者才成立。中文意思是：「時候」。

例文A

国(くに)に　帰(かえ)ったとき、いつも　先生(せんせい)の　お宅(たく)に　行(い)きます。

回國的時候，總是到老師家拜訪。

意思2

【時間點－之前】｛動詞現在形＋とき＋動詞過去形句子｝。強調後者比前者早發生。中文意思是：「時、時候」。

例文B

会社(かいしゃ)を　出(で)るとき、家(いえ)に　電話(でんわ)しました。

離開公司時，打了電話回家。

意思3

【同時】｛名詞＋の；形容動詞＋な；形容詞・動詞普通形｝＋とき。表示與此同時並行發生其他的事情。中文意思是：「…的時候」。

例文C

寂(さび)しいとき、友達(ともだち)に　電話(でんわ)します。

寂寞的時候，會打電話給朋友。

比較

● 動詞＋てから

先做…，然後再做…

接續方法 ｛動詞て形｝＋から

意　思

【動作順序】 結合兩個句子，表示動作順序，強調先做前項的動作或前項事態成立，再進行後句的動作。中文意思是：「先做…，然後再做…」。

例文c

洗(あら)って　から　切(き)ります。

洗好之後再切。

◆ 比較說明 ◆

兩個文法都表示動作的時間，「とき」表同時，前接動詞時，要用動詞普通形，表示前、後項是同時發生的事，也可能前項比後項早發生或晚發生；但「てから」表動作順序，一定是先做前項的動作，再做後句的動作。

とき【同時】

例文 C

てから【動作順序】

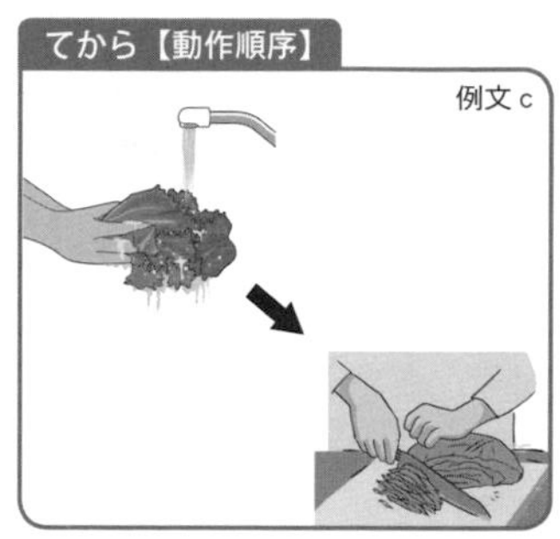

例文 c

MEMO

12 実力テスト 做對了，往😊走，做錯了往✕走。

次の文の＿＿＿にはどんな言葉を入れたらよいか。1・2から最も適当なものをひとつ選びなさい。

實力測驗
Q 哪一個是正確的？

1

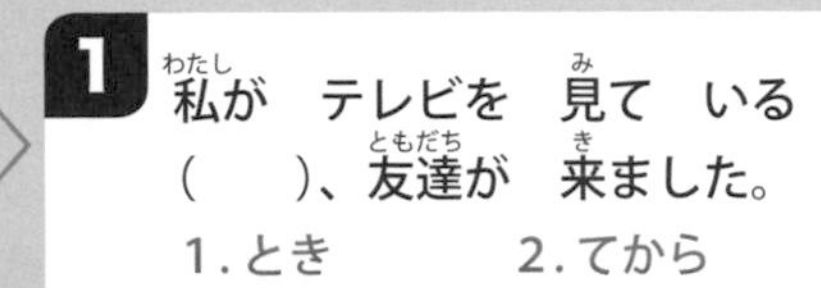

私が　テレビを　見て　いる（　　）、友達が　来ました。

1. とき　　2. てから

譯
1. とき：…的時候
2. てから：先做…，再做…

2

歌を　歌い（　　）、掃除します。

1. 前に　　2. ながら

譯
1. 前に：…之前，先…
2. ながら：一邊…一邊…

3

大学を（　　）、もう　10年たちました。

1. 出た　あとで　　2. 出て　から

譯
1. 出たあとで：畢業後…
2. 出てから：從…畢業

4

くつを　脱いで（　　）、中に入ります。

1. から　　2. ながら

譯
1. から：先做…，然後再做…
2. ながら：一邊…一邊…

5

寝る（　　）、歯を　磨きます。

1. 前に　　2. 後で

譯
1. 前に：…之前
2. 後で：…以後…

6

会議が　終わった（　　）、資料を　片付けます。

1. 後で　　2. 前に

譯
1. 後で：…以後…
2. 前に：…之前

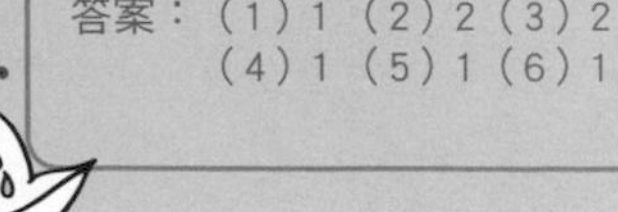

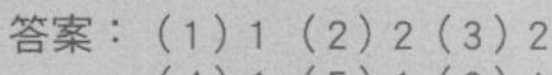

答案：（1）1（2）2（3）2
（4）1（5）1（6）1

Chapter 13

★★★★★

変化と時間の変化の表現

Track 127

形容詞く＋なります

變…；變得…

接續方法 {形容詞詞幹}＋く＋なります

意思 1

【變化】 形容詞後面接「なります」，要把詞尾的「い」變成「く」。表示事物本身產生的自然變化，這種變化並非人為意圖性的施加作用。中文意思是：「變…」。

例文 A

百合（ゆり）ちゃん、大（おお）きく　なりましたね。

小百合，妳長這麼大了呀！

補 充

〖人為〗 即使變化是人為造成的，若重點不在「誰改變的」，也可用此文法。中文意思是：「變得…」。

例 文

塩（しお）を　入（い）れて、おいしく　なりました。

加鹽之後變好吃了。

比較

形容詞く＋します

使變成…

接續方法 {形容詞詞幹}＋く＋します

意 思

【變化】 表示事物的變化。跟「なります」比較，「なります」的變化不是人為有意圖性的，是在無意識中物體本身產生的自然變化；而「します」是表示人為的有意圖性的施加作用，而產生變化。形容詞後面接「します」，要把詞尾的「い」變成「く」。中文意思是：「使變成…」。

例文 a

部屋(へや)を　暖(あたた)かく　しました。

房間弄暖和。

◆ 比較說明 ◆

兩個文法都表示變化，但「なります」的焦點是，事態本身產生的自然變化；而「します」的焦點在於，事態是有人為意圖性所造成的變化。

形容詞く＋なります【變化】

例文 A

形容詞く＋します【變化】

例文 a

Track 128

2 形容動詞に＋なります

變成…

接續方法 {形容動詞詞幹}＋に＋なります

意思 1

【變化】 表示事物的變化。如上一單元說的，「なります」的變化不是人為有意圖性的，是在無意識中物體本身產生的自然變化。而即使變化是人為造成的，如果重點不在「誰改變的」，也可用此文法。形容動詞後面接「なります」，要把語尾的「だ」變成「に」。中文意思是：「變成…」。

例文Ａ

「風邪（かぜ）は　どうですか。」「もう　元気（げんき）に　なりました。」

「感冒好了嗎？」「已經康復了。」

比較

名詞に＋なります

變成…

接續方法 {名詞} ＋に＋なります

意 思

【變化】 表示在無意識中，事態本身產生的自然變化，這種變化並非人為有意圖性的。中文意思是：「變成…」。

例文 a

もう　夏（なつ）に　なりました。

已經是夏天了。

◆ 比較說明 ◆

「形容動詞に＋なります」表示變化。表示狀態的自然轉變；「名詞に＋なります」也表示變化。表示事物的自然轉變。

形容動詞に＋なります【變化】

名詞に＋なります【變化】

Track 129

3 名詞に＋なります

變成…；成為…

接續方法 {名詞}＋に＋なります

意思 1

【變化】 表示在無意識中，事物本身產生的自然變化，這種變化並非人為有意圖性的。中文意思是：「變成…」。

例文 A

今日（きょう）は　午後（ごご）から　雨（あめ）に　なります。

今天將自午後開始下雨。

補 充

〖人為〗 即使變化是人為造成的，如果重點不在「誰改變的」，而是狀態自然轉變的，也可用此文法。中文意思是：「成為…」。

例 文

前（まえ）は　小（ちい）さな　村（むら）でしたが、今（いま）は　大（おお）きな　町（まち）に　なりました。

以前只是一處小村莊，如今已經成為一座大城鎮了。

比較

名詞に＋します

讓…變成…、使其成為…

接續方法 {名詞}＋に＋します

意 思

【變化】 表示人為有意圖性的施加作用，而產生變化。中文意思是：「讓…變成…、使其成為…」。

例文 a

子供（こども）を　医者（いしゃ）に　します。

我要讓孩子當醫生。

◆ 比較說明 ◆

兩個文法都表示變化，但「なります」焦點是事態本身產生的自然變化；而「します」的變化是某人有意圖性去造成的。

名詞に＋なります【變化】

名詞に＋します【變化】

Track 130

4 形容詞く＋します

使變成…

接續方法 {形容詞詞幹}＋く＋します

意思 1

【變化】 表示事物的變化。跟「なります」比較，「なります」的變化不是人為有意圖性的，是在無意識中物體本身產生的自然變化；而「します」是表示人為的有意圖性的施加作用，而產生變化。形容詞後面接「します」，要把詞尾的「い」變成「く」。中文意思是：「使變成…」。

例文A

コーヒーは　まだですか。はやく　して　ください。

咖啡還沒沖好嗎？請快一點！

比較

形容動詞に＋します

使變成…

接續方法 {形容動詞詞幹}＋に＋します

意思

【變化】表示事物的變化。如前一單元所說的，「します」是表示人為有意圖性的施加作用，而產生變化。形容動詞後面接「します」，要把詞尾的「だ」變成「に」。中文意思是：「使變成…」。

例文 a

運動（うんどう）して、体（からだ）を　丈夫（じょうぶ）に　します。

去運動讓身體變強壯。

◆ 比較說明 ◆

「形容詞く＋します」表變化，表示人為的、有意圖性的使事物產生變化。形容詞後面接「します」，要把詞尾的「い」變成「く」；「形容動詞に＋します」也表變化，表示人為的、有意圖性的使事物產生變化。形容動詞後面接「します」，要把詞尾的「だ」變成「に」。

形容詞く＋します【變化】

例文 A

形容動詞に＋します【變化】

例文 a

Track 131

5 形容動詞に＋します

(1) 讓它變成…；(2) 使變成…

接續方法 {形容動詞詞幹} ＋に＋します

意思 1

【命令】如為命令語氣為「にしてください」。中文意思是：「讓它變成…」。

例文 A

静（しず）かに　して　ください。

請保持安靜！

意思２

【變化】 表示事物的變化。如前一單元所説的，「します」是表示人為有意圖性的施加作用，而產生變化。形容動詞後面接「します」，要把詞尾的「だ」變成「に」。中文意思是：「使變成…」。

例文Ｂ

ゴミを　拾(ひろ)って　公園(こうえん)を　きれいに　します。

撿拾垃圾讓公園恢復乾淨。

比較

形容動詞に＋なります

變成…

接續方法 {形容動詞詞幹}＋に＋なります

意　思

【變化】 表示事物的變化。如上一單元説的，「なります」的變化不是人為有意圖性的，是在無意識中物體本身產生的自然變化。而即使變化是人為造成的，如果重點不在「誰改變的」，也可用此文法。形容動詞後面接「なります」，要把語尾的「だ」變成「に」。中文意思是：「變成…」。

例文ｂ

彼女(かのじょ)は　最近(さいきん)　きれいに　なりました。

她最近變漂亮了。

◆ 比較説明 ◆

「形容動詞に＋します」表變化，表示人為地改變某狀態；「形容動詞に＋なります」也表變化，表示狀態的自然轉變。

6 名詞に＋します

(1) 請使其成為…；(2) 讓…變成…、使其成為…

接續方法 {名詞} ＋に＋します

意思 1

【請求】 請求時用「にしてください」。中文意思是：「請使其成為…」。

例文 A

この　お札（さつ）を　100円玉（ひゃくえんだま）に　して　ください。

請把這張鈔票兌換成百圓硬幣。

意思 2

【變化】 表示人為有意圖性的施加作用，而產生變化。中文意思是：「讓…變成…、使其成為…」。

例文 B

2階（にかい）は、子供部屋（こどもべや）に　します。

二樓設計成兒童房。

比較

まだ＋肯定

還…

接續方法 まだ＋{肯定表達方式}

意思

【繼續】 表示同樣的狀態，從過去到現在一直持續著。中文意思是：「還…」。

例文 b

お茶（ちゃ）は　まだ　熱（あつ）いです。

茶還很熱。

◆ 比較說明 ◆

「名詞に＋します」表示變化，表示受人為影響而改變某狀態；「まだ＋肯定」表示繼續。表示狀態還存在或動作還是持續著，沒有改變。

名詞に＋します【變化】

まだ＋肯定【繼續】

Track 133

7 もう＋肯定

已經…了

接續方法 もう＋{動詞た形；形容動詞詞幹だ}

意思1

【完了】 和動詞句一起使用，表示行為、事情或狀態到某個時間已經完了。用在疑問句的時候，表示詢問完或沒完。中文意思是：「已經…了」。

例文A

もう　5時(ごじ)ですよ。帰(かえ)りましょう。

已經五點了呢，我們回去吧。

比較

もう＋數量詞

再…

接續方法 もう＋{數量詞}

意 思

【累加】 想在原來的基礎上，再累加一些數量，說「再一杯、再一個…」時，可以在數量詞前加上「もう」來限定數量。中文意思是：「再…」。

例文 a

もう　一杯（いっぱい）どう。

再來一杯如何？

◆ **比較說明** ◆

「もう＋肯定」讀降調，表示完了，表示某狀態已經出現，某動作已經完成；「**もう＋數量詞**」表示累加，表示在原來的基礎上，再累加一些數量，或提高一些程度。

Track 134

8 まだ＋否定

還（沒有）…

接續方法 まだ＋{否定表達方式}

意思 1

【未完】 表示預定的行為事情或狀態，到現在都還沒進行，或沒有完成。中文意思是：「還（沒有）…」。

例文 A

熱（ねつ）は　まだ　下（さ）がりません。

發燒還沒退。

比較

しか＋〔否定〕

只、僅僅

接續方法 {名詞（＋助詞）}＋しか～ない

意 思

【限定】「しか」下接否定，表示限定。中文意思是：「只、僅僅」。

例文 a

お金(かね)は　5,000円(ごせんえん)しか　ありません。

錢只有五千日圓。

◆ 比較說明 ◆

「まだ＋否定」表示未完，表示某動作或狀態，到現在為止，都還沒進行或發生，或沒有完成。暗示著接下來會做或不久就會完成；「しか＋否定」表示限定，表示對人事物的數量或程度的限定。含有強調數量少、程度輕的心情。

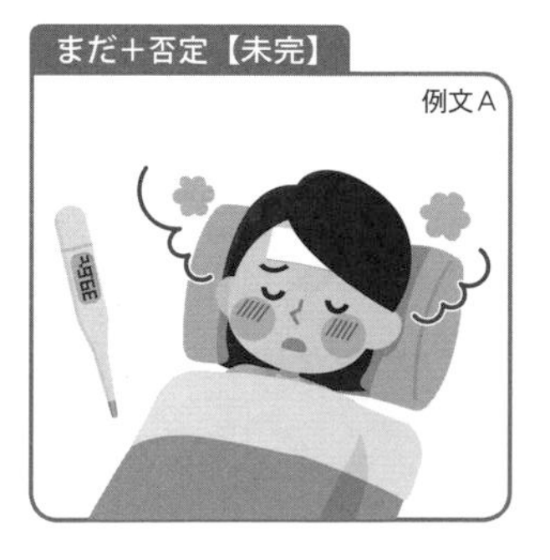

Track 135

9 もう＋否定

已經不…了

接續方法 もう＋{否定表達方式}

意思 1

【否定的狀態】「否定」後接否定的表達方式，表示不能繼續某種狀態了。一般多用於感情方面達到相當程度。中文意思是：「已經不…了」。

例文 A

銀行(ぎんこう)に　もう　お金(かね)が　ありません。

銀行存款早就花光了。

比較

もう＋肯定

已經…了

接續方法 もう＋{動詞た形；形容動詞詞幹だ}

意思

【完了】和動詞句一起使用，表示行為、事情到某個時間已經完了。用在疑問句的時候，表示詢問完或沒完。中文意思是：「已經…了」。

例文 a

病気(びょうき)は　もう　治(なお)りました。

病已經治好了。

◆比較說明◆

「もう＋否定」讀降調，表示否定的狀態，也就是不能繼續某種狀態或動作了；「もう＋肯定」讀降調，表完了，表示繼續的狀態，也就是某狀態已經出現、某動作已經完成了。

もう＋否定【否定的狀態】

例文A

もう＋肯定【完了】

例文 a

Track 136

10 まだ＋肯定

(1) 還有…；(2) 還…

接續方法 まだ＋{肯定表達方式}

意思 1

【存在】表示還留有某些時間或還存在某東西。中文意思是：「還有…」。

例文A

時間(じかん)は　まだ　たくさん　あります。

時間還非常充裕。

意思2

【繼續】 表示同樣的狀態，從過去到現在一直持續著。中文意思是：「還…」。

例文B

姉(あね)は　まだ　お風呂(ふろ)に　入(はい)って　います。

姊姊還在洗澡。

比較

もう＋否定

已經不…了

接續方法 もう＋{否定表達方式}

意　思

【否定的狀態】「否定」後接否定的表達方式，表示不能繼續某種狀態了。一般多用於感情方面達到相當程度。中文意思是：「已經不…了」。

例文b

もう　飲(の)みたく　ありません。

我已經不想喝了。

◆ 比較說明 ◆

「まだ＋肯定」表示繼續的狀態，表示同樣的狀態，或動作還持續著；「もう＋否定」表示否定的狀態。後接否定的表達方式，表示某種狀態已經不能繼續了，或某動作已經沒有了。

MEMO

13 実力テスト 做對了，往😊走，做錯了往✖走。

次の文の＿＿＿にはどんな言葉を入れたらよいか。1・2から最も適当なものをひとつ選びなさい。

實力測驗

Q 哪一個是正確的？

1

太郎(たろう)は　大学生(だいがくせい)（　　）。

1. になりました　2. にしました

1. になりました：成為…了
2. にしました：使…成為…了

2

テレビの　音(おと)を　大(おお)き（　　）。

1. くなります　2. くします

譯

1. くなります：變得…
2. くします：把…弄…

3

日本語(にほんご)が　上手(じょうず)（　　）。

1. になりました　2. にしました

譯

1. になりました：變…了
2. にしました：把…弄…了

4

愛(あい)ちゃんは（　　）帰(かえ)りましたよ。

1. まだ　2. もう

1. まだ：還…
2. もう：已經…

5

お客(きゃく)さんが　来(く)るので、部屋(へや)とトイレを（　　）します。

1. きれいな　2. きれいに

1. きれいな：乾淨
2. きれいに：乾淨

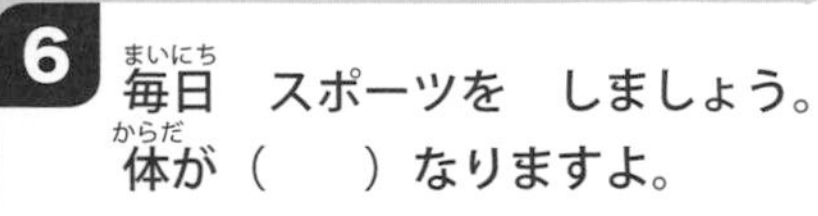

6

毎日(まいにち)　スポーツを　しましょう。体(からだ)が（　　）なりますよ。

1. じょうぶに　2. じょうぶで

譯

1. じょうぶに：健壯
2. じょうぶで：健壯

答案：（1）1（2）2（3）1
（4）2（5）2（6）1

Chapter

14 断定、説明、名称、推測と存在の表現

★★★★★

Track 137

1 じゃ

(1) 是…；(2) 那麼、那

接續方法 {名詞；形容動詞詞幹}＋じゃ

意思 1

【では→じゃ】「じゃ」是「では」的縮略形式，也就是縮短音節的形式，一般是用在口語上。多用在跟自己比較親密的人，輕鬆交談的時候。中文意思是：「是…」。

例文 A

私は　もう　子供じゃ　ありません。

我已經不是小孩子了！

意思 2

【轉換話題】「じゃ」、「じゃあ」、「では」在文章的開頭時（或逗號的後面），表示「それでは」（那麼，那就）的意思。用在轉換新話題或場面，或表示告了一個段落。中文意思是：「那麼、那」。

例文 B

時間ですね。じゃあ、始めましょう。

時間到囉，那麼，我們開始吧！

比較

● **でも**

…之類的

接續方法 {名詞}＋でも

意 思

【舉例】 用於舉例。表示雖然含有其他的選擇，但還是舉出一個具代表性的例子。中文意思是：「…之類的」。

例文 b

お帰(かえ)りなさい。お茶(ちゃ)でも　飲(の)みますか。

你回來了。要不要喝杯茶？

◆ 比較說明 ◆

「じゃ」是「では」的縮略形式，說法輕鬆，一般用在不拘禮節的對話中；在表達恭敬的語感，或講究格式的書面上，大多使用「では」；「でも」表舉例，用在隨意的舉出優先考慮的例子。

じゃ【轉換話題】

でも【舉例】

Track 138

2 のだ

(1)…是…的；(2)（因為）是…

意思 1

【主張】 用於表示說話者強調個人的主張或決心。中文意思是：「…是…的」。

例文 A

先生(せんせい)、もう　国(くに)へ　帰(かえ)りたいんです。

老師，我已經想回國了。

意思2

【說明】{形容詞・動詞普通形}＋のだ；{名詞；形容動詞詞幹}＋なのだ。表示客觀地對話題的對象、狀況進行說明，或請求對方針對某些理由說明情況，一般用在發生了不尋常的情況，而說話人對此進行說明，或提出問題。中文意思是：「（因為）是…」。

例文B

お腹（なか）が　痛（いた）い。今朝（けさ）の　牛乳（ぎゅうにゅう）が　古（ふる）かったのだ。

肚子好痛！是今天早上喝的牛奶過期了。

補　充

〘口語ーんだ〙{形容詞動詞普通形}＋んだ；{名詞；形容動詞詞幹}＋なんだ。尊敬的說法是「のです」，口語的說法常將「の」換成「ん」。

例　文

「遅（おそ）かったですね。」「バスが　来（こ）なかったんです。」

「怎麼還沒來呀？」「巴士遲遲不來啊。」

比較

● **のです**

禮貌用語

接續方法 {形容詞・動詞普通形}＋のです；{名詞；形容動詞詞幹}＋なのです

意　思

【說明】表示說話人對所看到的、聽到的做更加詳盡的說明、解釋。「のです」是「のだ」的禮貌說法。

例文b

ここは　駅（えき）に　近（ちか）くて　便利（べんり）なのです。

這裡離車站近，很方便。

◆比較說明◆

「のだ」表示說明，用在說話人對所見所聞，做更詳盡的解釋說明，或請求對方說明事情的原因。「のだ」用在不拘禮節的對話中；「のです」也表說明，是「のだ」的禮貌說法，說法有禮，是屬於禮貌用語。

Track 139

3 という＋名詞

叫做…

接續方法 {名詞} ＋という＋ {名詞}

意思 1

【稱呼】 表示說明後面這個事物、人或場所的名字。一般是說話人或聽話人一方，或者雙方都不熟悉的事物。詢問「什麼」的時候可以用「何と」。中文意思是：「叫做…」。

例文 A

これは　小松菜（こまつな）と　いう　野菜（やさい）です。

這是一種名叫小松菜的蔬菜。

比較

名詞＋という

叫做…

接續方法 {名詞；普通形} ＋という

意　思

【介紹名稱】 前面接名詞，表示後項的人名、地名等名稱。中文意思是：「叫做…」。

例文 a

天野(あまの)さんの　生(う)まれた　町(まち)は、岩手県(いわてけん)の　久慈市(くじし)という　ところでした。

天野先生的出身地是在岩手縣一個叫作久慈市的地方。

◆ 比較説明 ◆

「という＋名詞」表示稱呼，用在說話人或聽話人一方，不熟悉的人事物上；「名詞＋という」表示介紹名稱，表示人物姓名或物品、地方的名稱，例如：「私(わたし)は王(ワン)と言(い)います／我姓王」。

という＋名詞【稱呼】

名詞＋という【介紹名稱】

Track 140

4 でしょう

(1)…對吧；(2) 也許…、可能…；大概…吧

接續方法 {名詞；形容動詞詞幹；形容詞・動詞普通形} ＋でしょう

意思 1

【確認】 表示向對方確認某件事情，或是徵詢對方的同意。中文意思是：「…對吧」。

例文 A

この　お皿(さら)を　割(わ)ったのは　あなたでしょう。

打破這個盤子的人是你沒錯吧？

意思 2

【推測】 伴隨降調，表示說話者的推測，說話者不是很確定，不像「です」那麼肯定。中文意思是：「也許…、可能…」。

例文 B

明日（あす）は　晴（は）れでしょう。

明天應該是晴天吧。

補 充

〖たぶん～でしょう〗 常跟「たぶん」一起使用。中文意思是：「大概…吧」。

例 文

この　時間（じかん）は、先生（せんせい）は　たぶん　いないでしょう。

這個時間，老師大概不在吧。

比較

● **です**

是…

接續方法 {名詞；形容動詞詞幹；形容詞・動詞普通形}＋です

意 思

【斷定】 表示斷定的助動詞，也表示所描述的情況是確定的。也是美化助動詞。中文意思是：「是…」。

例文 b

今日（きょう）は　暑（あつ）いです。

今天很熱。

◆ 比較說明 ◆

「でしょう」讀降調，表示推測，也表示跟對方確認，並要求證實的意思；「です」表示斷定，是以禮貌的語氣對事物等進行斷定、肯定，或對狀態進行說明。

でしょう【推測】

例文B

です【斷定】

例文b

Track 141

5 に～があります／います

…有…

接續方法 {名詞}＋に＋{名詞}＋があります／います

意思1

【存在】 表某處存在某物或人，也就是無生命事物，及有生命的人或動物的存在場所，用「（場所）に（物）があります、（人）がいます」。表示事物存在的動詞有「あります／います」，無生命的事物或自己無法動的植物用「あります」。中文意思是：「…有…」。

例文A

テーブルの　上(うえ)に　花瓶(かびん)が　あります。

桌上擺著花瓶。

補　充

〘有生命－います〙「います」用在有生命的，自己可以動作的人或動物。

例　文

公園(こうえん)に　子供(こども)が　います。

公園裡有小朋友。

比較

は～にあります／います

…在…

接續方法 {名詞}＋は＋{名詞}＋にあります / います

意 思

【存在】 表示某物或人，存在某場所用「（物）は（場所）にあります／（人）は（場所）にいます」。中文意思是：「…在…」。

例文 a

トイレは　あちらに　あります。

廁所在那邊。

◆ 比較說明 ◆

兩個都是表示存在的句型，「に～があります／います」重點是某處「有什麼」，通常用在傳達新資訊給聽話者時，「が」前面的人事物是聽話者原本不知道的新資訊；「は～にあります／います」則表示某個東西「在哪裡」，「は」前面的人事物是談話的主題，通常聽話者也知道的人事物，而「に」前面的場所則是聽話者原本不知道的新資訊。

に～があります／います【存在】

例文 A

は～にあります／います【存在】

例文 a

Track 142

6 は～にあります／います

…在…

接續方法 {名詞}＋は＋{名詞}＋にあります／います

意思 1

【存在】 表示某物或人，存在某場所用「（物）は（場所）にあります／（人）は（場所）にいます」。中文意思是：「…在…」。

例文 A

私(わたし)の　父(ちち)は　台北(タイペイ)に　います。

我爸爸在台北。

比較

場所＋に

在…、有…

接續方法 {名詞}＋に

意　思

【場所】「に」表示存在的場所。表示存在的動詞有「います、あります」(有、在)，「います」用在自己可以動的有生命物體的人或動物的名詞。中文意思是：「在…、有…」。

例文 a

木(き)の　下(した)に　妹(いもうと)が　います。

妹妹在樹下。

◆ 比較說明 ◆

「は～にあります／います」表示存在，表示人或動物的存在；「場所＋に」表示場所，表示人物、動物、物品存在的場所。

14 実力テスト

做對了，往😊走，做錯了往✖走。

次の文の＿＿＿にはどんな言葉を入れたらよいか。1･2から最も適当なものをひとつ選びなさい。

實力測驗

Q 哪一個是正確的？

1 机(つくえ)の　上(うえ)（　　）辞書(じしょ)（　　）。

1. に～があります
2. は～にあります

譯

1. に～があります：…有…
2. は～にあります：…在…

2 あれは　フジ（　　）花(はな)です。

1. と　2. という

譯

1. と：跟
2. という：叫做…

3 スマホは　どこに（　　）か。

1. います　2. あります

譯

1. います：…在…
2. あります：…在…

4 明日(あした)は　雨(あめ)が　降(ふ)る（　　）。

1. でしょう　2. です

譯

1. でしょう：可能…
2. です：會…

5 公園(こうえん)に　犬(いぬ)が　2匹(にひき)（　　）。

1. あります　2. います

譯

1. あります：…有…
2. います：…有…

6 明日(あした)は　たぶん（　　）。

1. 来(こ)なかったでしょう
2. 来(く)るでしょう

譯

1. 来なかったでしょう：（當時）不來吧
2. 来るでしょう：來吧

答案：（1）1（2）2（3）2（4）1（5）2（6）2

あ

か

さ

た

は

ま

や

わ

MEMO

新制日檢！絕對合格 圖解比較文法 N5

[25K＋MP3]

比較日語 04

■ 發行人／林德勝

■ 著者／吉松由美、田中陽子、千田晴夫、大山和佳子、
山田社日檢題庫小組

■ 譯者／吳季倫

■ 出版發行／山田社文化事業有限公司
臺北市大安區安和路一段112巷17號7樓
電話 02-2755-7622
傳真 02-2700-1887

■ 郵政劃撥／ 19867160號 大原文化事業有限公司

■ 總經銷／ 聯合發行股份有限公司
新北市新店區寶橋路235巷6弄6號2樓
電話 02-2917-8022
傳真 02-2915-6275

■ 印刷／上鎰數位科技印刷有限公司

■ 法律顧問／林長振法律事務所 林長振律師

■ 書＋MP3／定價 新台幣 310 元

■ 初版／2020年 5 月

© ISBN：978-986-246-578-3